유영
평전

유영평전

謝桃坊 저
김현주·이태형·이수진 역

學古房

저자 서문

유영은 북송 전기에 가장 명성이 있던 사인으로 송사의 발전에 뛰어난 공헌을 하였다. 북송이 개국한 이후 50년간(960-1009)의 사단詞壇은 오대五代의 서촉西蜀과 남당南唐의 흥성 상황과 비교해볼 때 적막하고 침울해 보인다. 유영의 창작활동 시기는 주로 북송 진종眞宗 천희天禧부터 인종仁宗 황우皇祐까지 35년간(1017-1051)이었다. 이 시기는 바야흐로 북송 사회가 안정되고 경제적으로 번영하고 문화가 발양되던 시기이다. 사단에는 안수晏殊, 유영柳永, 장선張先 등 중요한 사인이 출현하였다. 그들의 창작으로 인하여 송사는 비로소 찬란한 역사가 시작되었고 한 시대를 풍미하는 문학이 되었다. 그 가운데 유영이 큰 역할을 했다는 것은 부인할 수 없다. 더욱이 그가 북송 만사 발전에 크게 영향을 미친 것은 부정할 수 없다. 청대 송상봉宋翔鳳은 다음과 같이 말했다.

> 사는 남당 이후부터 소령이 있었는데, 만사는 대개 송 인종 때부터 흥기하였다. 중원에서 전쟁이 그치고 변경(또한 동경東京이라 일컬음, 지금 하남성 개봉시開封市)이 번화하게 되자 노래하는 누대와 가무의 주연에서 앞다투어 새로운 소리인 사를 찾게 되었다. 유영은 실의하여 마음 붙일 곳이 없어 기녀의 거처를 찾아 다녔다. 그는 마침내 속되고 저속한 언어를 다 긁

어모아 사에 집어넣었다. 이를 기녀들에게 전하여 익히기에 편리하도록 하니 당시 사람들이 일시에 감동받아 사방으로 전파되었다. 그 후로 소식, 진관, 황정견 등 무리들이 서로 이어서 사를 짓게 되니 만사가 마침내 성행하게 되었다.

詞自南唐以後, 但有小令. 其慢詞蓋起於宋仁宗朝. 中原息兵, 汴京繁庶, 歌臺舞席, 競賭新聲. 耆卿失意無俚, 流連坊曲, 遂盡收俚俗語言, 編入詞中, 以便伎人傳習. 一時動聽, 散播四方. 其後東坡、少游、山谷輩, 相繼有作, 慢詞遂盛.[1]

송대 유영의 사집 『악장집樂章集』은 더욱 유행하였다. 이 후에 "그것을 좋아하는 자는 끝내 끊어질 줄 몰랐다."(好之者終不絶也.)[2] 유영의 사는 현재 212수가 있는데[3], 주로 통속적인 언어와 민중들이 듣기 좋아하는 음악의 예술형식으로 지어졌다. 모두 당시 도시 생활과 새로운 시민 사상의 정서를 반영하였다. 하지만 일정한 현실적 의미와 대중성을 가지고 있어 봉건 문인들의 배척을 받았다. 예를 들면 그의 사에 대해 "사어가 세속적이다"(詞語塵下)"[4], "소리는 가증스럽다"(聲態可憎)[5], "이속에 많이 가깝다"(多近俚俗)[6], "청풍명월을 부린다"(爲風月所使)[7]라고 말하였다. 그러나 그들은 점차 엄격하게 유영의 사를 배우며 그의 영향을 받았다. 또한 어떤 사람들은 유영사에 대해 "당인의 고상함이 결

---

1) 宋翔鳳, 『樂府餘論』.

2) 『四庫全書總目』 卷198 『樂章集提要』.

3) 『樂章集』, 朱祖謀 『彊村叢書』 본3권, 책말미 끝부분에 曲子가 첨부되어 있다. 총 206수이다. 唐圭璋의 『全宋詞』 補輯에는 유영사 6수가 있는데, 총212수이다.

4) 李淸照, 『詞論』, 『苕溪漁隱叢話 · 後集』 卷33 인용.

5) 王灼, 『碧鷄漫志』 卷2.

6) 黃昇, 『唐宋諸賢絶妙詞選』 卷5.

7) 張炎, 『詞源』 卷2.

펍되지 않았다."(不減唐人高處[8]) 라고 하는 이도 있었다. 「척씨戚氏」는 유영의 뛰어난 작품인데, 북송 때 "「이소」의 적막함이 천년 후, 「척씨」의 처량함 한 곡으로 끝났다"(「離騷」寂寞千載後, 「戚氏」凄凉一曲終[9])고 칭찬하는 말이 있었다. 이렇게 유영의 사와 위대한 시인 굴원의 작품이 나란히 거론되었다. 유영을 좋아하지 않는 문인이라 할지라도 그들도 부득이 유영사가 "굽디 굽어 속된 것을 좇았지만, 천하가 다 유영의 사를 읊었다"(骫骳從俗, 天下咏之), "글을 모르는 자가 더욱 유영의 사를 좋아하였다"(不知書者尤好之) 라며 인정하지 않을 수 없었다. 심지어 "무릇 우물물을 마실 수 있는 곳이면 능히 유영의 사를 노래 부를 수 있었다."(凡有井水飮處, 卽能歌柳詞[10])라는 전대미문의 상황이 나타나게 되었다.

송원宋元문학사에서 유영은 문인의 신분으로 민간의 통속문예를 창작했던 첫 번째 작가였다. 그는 후기에 여전히 아사雅詞를 쓰기는 했지만, 그의 창작은 시종일관 민간의 통속문예의 영향을 받았음을 볼 수 있다. 유영의 사는 예술적 생명이 있기에 사람들이 감상하기에 쉬웠고, 지금도 여전히 사랑을 받고 있다. 그럼으로써, 그의 가사는 중국고대의 우수한 문학유산 중의 하나가 되었다. 유영의 창작과정에서 우리는 귀중한 경험과 좋은 귀감이 발견하게 될 것이다.

---

8) 소식의 말로, 趙令畤의 『侯鯖錄』 卷7에 보인다.

9) 王灼, 『碧鷄漫志』 卷2.

10) 葉夢得, 『避暑錄話』 卷下.

민중의 마음을 사로잡은 유영의 가사

중국의 문학을 이야기할 때 우리는 늘 이백李白과 두보杜甫를 먼저 떠올린다. 그리고 더 거슬러 올라가면 최초의 민간시집인 시경詩經을 생각하게 된다. 그만큼 중국문학은 시詩라고 해도 과언이 아니다. 그런데 중국문학에 시는 있지만, 시가 사詞라는 장르로 탈바꿈하여 송나라 문단을 장악했다는 일은 잘 알려져 있지 않은 것 같다. 모든 현상이 그렇겠지만 문학도 시도 시대에 따라서 변화하는 것이기에, 그 시대를 이야기하고 바로 그 시대 민중들의 의식意識을 품은 결정체가 된다고 할 수 있다.

당나라는 실크로드를 통한 문화의 교류가 가장 활발한 왕조였다. 당나라는 5세기부터 인도. 중앙아시아를 거쳐 페르시아, 로마에까지 그 길을 열어갔으며, 이웃인 한반도의 신라와 일본과도 깊은 교류를 하였다. 이러한 문화의 교류는 음악에 있어서도 동서의 교융交融과 새로운 풍격의 음악을 창조케 하였고, 이 새로운 음악은 바로 당시 문단의 최고정점에 있던 시를 사詞라는 새로운 장르로 탈바꿈하게 하는데 결정적인 역할을 한 주체가 되었다. 마치 한국에서 전통적인 대중가요가 컨트리뮤직과 팝음악의 영향을 받아 1970, 80년대를 풍미했고,

1990년대 이후 힙합이 또 한번 한국가요의 장르를 넓혔던 것과 같다.

돈황敦煌의 문건에는 당나라의 새로운 음악에 맞추어 불렀던 가사와 춤추었던 무용의 무보舞譜와 반주악기로 사용하였던 비파의 악보樂譜가 고스란히 보존되어있다. 민간을 통해 들어왔을 서역西域의 음악이 당나라 궁중에서 대형악장으로 연주되고 다시 중국 전 지역에 보급되어, 대중은 새로운 음악에 매료되고, 이에 맞는 새로운 가사, 새로운 춤이 봇물터지듯 만들어졌다. 이 새로운 가사를 후대 사람들은 곡자사曲子詞, 혹은 사詞라 부른다. 당나라와 송나라는 연악燕樂이라는 동서융합의 새로운 음악이 주를 이루었고, 그 악곡에 맞춘 가사가 귀족사대부와 일반시민들 사이에 대단히 성행하였다.

유영柳永은 북송때의 사인으로, 송사의 발전에 독특한 역할과 공헌을 한 자다. 그는 일찍이 음률音律에 정통하여 직접 곡을 짓고 거기에 가사, 즉 사를 써서 시정市井의 기녀, 가수들에게 주어 부르게 하였다. 그의 사집인 『악장집樂章集』은 132개의 악곡에 가사를 넣은 사 212수를 수록하고 있는데, 가사마다 생동적이고도 선명한 이미지들을 통속적인 언어와 뛰어난 음률의 조화로 맛깔스럽게 노래하고 있어 어느 계층에서나 널리 사랑을 받았다. 그는 특히 편폭이 긴 가사에 애정, 타향살이, 그리움, 이별, 선비의 고뇌들을 진실되고 자연스러운 예술적 형상으로 그려냄으로써 사의 형식과 언어표현에 커다란 변화를 일으켰던 것이다.

당시에 구양수歐陽脩, 소식蘇軾등 이른바 뛰어난 사인들사이에서 냉소와 비평을 받았어도, 유영의 이름과 그의 사에 대한 문인과 민중의 사랑은 한결같았다고 한다. 유영의 명성은 고려高麗에도 알려져서 『고려사 · 악지高麗史·樂志』에 그의 사 6수가 실려있으니 이규보李奎報, 이제현李

齊賢등 고려사인의 사창작에서도 그의 영향력을 찾을 수 있을 것이다.

이 책의 원서는 사도방謝桃坊이 지은 『유영柳永』(上海古籍出版社, 1986年/臺北: 萬卷樓出版, 民國80年版)이다. 사도방은 소년시절부터 사에 대한 흥미를 갖고 지속적으로 사를 연구한 학자다. 그 자신은 먼저 송대 안수晏殊, 유영柳永, 구양수歐陽脩, 소식蘇軾, 주방언周邦彦, 이청조李清照, 신기질辛棄疾, 강기姜夔, 유극장劉克壯, 오문영吳文英, 왕기손王沂孫, 장염張炎등 사작가와 작품을 두루 섭렵한 후 사연구에 주력하였다고 술회하였다. 그래서 그의 저술은 사인과 사학에 집중되어 있으며, 송사작가 중에 특히 유영에 대한 연구서가 많다. 『유영柳永』은 북송시기 사단에 새로운 변화를 불러일으켰던 유영의 곡절있는 인생과 여인들을 소개하고 그의 사가 가지는 시대정신과 창작기법등에 대해 간략하고도 심도있게 정리한 책이다.

송사연구宋詞硏究를 강의할 때마다 출현하는 유영을 좀 더 인간적으로 만나고 그의 고뇌와 작품세계를 좀 더 깊이 느끼고 싶었다. 그래서 사를 전공하는 학생들과 함께 본 서를 읽고 번역하게 되었다. 미흡한 부분이 많음에도 소중한 내용들을 독자와 함께 나누고자 번역서로 출판하니 여러분의 질정을 바랄 뿐이다. 작품의 주석을 일일이 찾고 그 뜻을 바로잡아준 데 대학원의 배경진의 도움이 있었음을 밝힌다. 본문에 인용된 작품은 당규장唐圭璋의 『전송사全宋詞』에 실린 『악장집樂章集』을 저본底本으로 하였다.

2015년 여름 전농서재에서

역자대표　김현주

차 례

제1장 유영의 가계와 청년생활 ······15

제2장 유영의 전기생활과 창작 ······25

제3장 유영의 후기생활과 창작 ······55

제4장 유영의 여인들 ······83

제5장 북송 만사의 선구자 ······93

제6장 유영사의 시대정신 ······103

제7장 유영사의 예술세계 ······129

제8장 유영사의 영향 ······155

부록 ······161

후기 ······163

제1장

유영의 가계와 청년생활

유영의 본래 이름은 삼변三變이고, 자字는 기경耆卿이다. 일곱번째로 태어났기 때문에 유칠柳七이라고 부르기도 한다. 복건성 숭안현崇安縣 사람이다. 그는 송대의 대사인이지만 『송사』에는 그의 전기가 전하지 않는다. 필기잡기류에는 그의 전기에 대해 전하는 것이 많지만 그의 생애와 사적에 관한 흔적을 고증하는데는 많은 사람들로 하여금 큰 어려움을 겪게 하고 있다. 유영의 출생년도에 대해 근대 학자들의 많은 설이 있지만, 당규장唐圭璋 선생은 대략 송 태종太宗 옹희雍熙 4년(987)이라고 주장했다.[1] 이것은 대체로 믿을 만하다.

대략 당대 중기 이후 유영의 선조는 벼슬살이를 하며, 하동河東(지금의 산서성)에서 복건(지금의 복건성福建省 건와현建甌縣)으로 이주해

1) 唐圭璋, 「柳永事迹新證」, 『文學硏究』, 1957年제3기. 이외에 유영의 출생년에 대해서는 陸侃如는 대략 990년(『中國詩史』626쪽, 1957년 작가출판사)라고 했다. 林新樵는 "대략 雍熙 元年(984) 혹은 약간 더 이른 시기"라고 했다.(「柳永先生小議」, 『福建師大學學報』, 1981년 제4기); 李國庭은 "980년 전후"라고 했다.(「柳永生年及行踪考辨」, 『福建論壇』, 1981년 제5기). 여전히 아직도 믿을만한 증거자료가 없기 때문에, 학계에서는 여전히 일반적으로 당규장 선생의 추론에 동의한다.

서 살았다. 오대 전란시기에 유영의 조부 유숭은 마침내 복건성 숭안崇安 오부리五夫里의 금아봉金鵝峰 아래에 은거하며 살았다. 금아봉의 풍경은 기이할 정도로 수려하고 아름답다. "절벽 정상에는 신선을 모시는 제단, 신선의 우물, 바둑과 승로반 받침, 칼을 꽂은 흔적들이 있다. 또 석실이 있었는데 깊고 넓어 신선이 되었을 때 남은 흔적이 있다. 그 지역은 절벽으로 끊어져 험준하고 사람의 자취도 드물었다."(絶頂有仙壇及仙井、棋盤、揷劍迹; 又有石室, 深廣中有仙蛻.[2] 其地絶險, 人迹罕到.)[3]라고 되어 있다.

조부는 유숭柳崇(918~980)이고 자字는 자고子高이며 18세에 고아가 되었다. 그의 어머니 정씨丁氏는 그가 좋은 교육을 받도록 뒷바라지 하며 성인으로 키웠다. 오대십국五代十國 때에 왕연王延이 복건성을 할거하면서 왕으로 칭해졌고, 일찍이 유숭을 초청하여 사현승沙縣丞으로 삼았다. 유숭은 늙은 어미를 봉양할 사람이 없어 연락을 두절했다. 게다가 이 맹세는 종신토록 포의로 지냈고, 은거하면서 벼슬길에 나아가지 않았다. 유숭의 전처 정씨丁氏는 유의柳宜와 유선柳宣을 낳았다. 후처 우씨虞氏가 유직柳直, 유굉柳宏, 유채柳寀와 유찰柳察을 낳았는데 모두 여섯 형제였다. 유선은 남당南唐 때 감찰어사로 송에 들어간 후 관직이 천평군天平軍 절도판관節度判官에 이르렀다. 유직은 송 진종眞宗 대중 상부大中祥符 8년(1015년)에 진사에 급제하였고, 유굉은 송 진종眞宗 함평원년咸平元年(998년) 진사에 급제했다. 유채는 송의 관료로 예부시랑禮部侍郎까지 지냈다. 유찰은 관직이 수부원외랑水部員外郎에 이르렀다. 유숭은 "규방의 문을 굳고 엄격하게 다스렸다"(以兢嚴治於閨門), "여

---

2) 센데仙蛻: 선인이 신선이 되었을 때 남은 흔적을 말한다.

3) 『嘉靖建寧府志』 卷3에 보인다.

러 남자와 여러 부인들은 예법을 부지런히 닦았다. 천리의 관직에 종사한다 하더라도, 공개적으로 옆에 있는 것 같다."(諸子、諸婦勤修禮法, 雖從官千里, 若在公旁.)[4]라고 했다.

유영은 유의의 셋째이자 막내아들이었다. 그의 큰형 유삼복柳三復은 송 진종眞宗 천희天熙 3년(1019)년에 진사에 급제했다. 둘째형 유삼접柳三接과 유영은 모두 송 인종仁宗 경우원년景祐元年(1034년) 진사에 급제했다. 유영 삼형제는 "모두 문예에 뛰어나서 유씨 삼절로 불려졌다"(皆工文藝, 號柳氏三絶)[5]라고 했다.

종합하면 유영은 유교 전통 집안에서 태어났으며 과거시험을 통해 벼슬길로 나아갔다고 할 수 있다. 이러한 가정환경 속에서 유영은 부모세대와 장남과 마찬가지로 과거에 급제하여 벼슬길로 나아갔다.

유영의 소년시절은 집안 가문의 과도기로 당시의 수많은 봉건 사대부 집안의 자제와 마찬가지였다. 스스로 어려서부터 열심히 공부하여 과거시험을 준비했다. 봉건 적인 지방지 중에 유영 초년의 기록을 적은 『권학문勸學文』이 보존되어 있다. 유영은 "공부하면 서인의 자식이 공경이 되고, 공부하지 않으면 공경의 자식이 서인이 된다."(學則庶人之子爲公卿, 不學則公卿之子爲庶人)라고 여겼다. 이 말의 뜻은 공부를 통해서 평민의 자제도 높은 관직에 오를 수 있다는 것이다. 당대 이래 과거시험 제도가 만들어지고 확실히 "배우면 뛰어날 수 있다"(學而優)라고 했다. 이것은 하나의 벼슬길로 나아가는 통로를 연 것이다. 유영은 유가의 "배움이 뛰어나면 벼슬을 할 수 있다."(而優則仕)라는 준칙을 깊이 믿으며 열심히 공부했다. 고향인 숭안 오부리는 현재까지 민간에서 전

---

4) 王禹偁, 『建溪處士贈大理評事柳君墓碣銘并序』, 『小畜集』 卷30.

5) 『嘉靖建寧府志』 卷15.

해지는 이야기로는 유영은 매우 열심히 공부했다고 한다. 유영이 유년시절 매일 밤에 촛불을 켜고 공부를 했기 때문에 후세 사람들이 그가 독서한 곳을 사촉산蜡燭山과 필가산筆架山이라고 불렀다.[6)]

복건福建 건영부建寧府(지금 복건성 건와현建甌縣을 다리리던 곳) 소속 송계현松溪縣(지금 복건성 송계현松溪縣)에 유명한 중봉산中峰山으로 "봉우리는 기이하게 수려하고, 특별히 빼어난 산의 표상이다."(一峰奇秀, 特出衆山之表)라고 했다. 중봉사中峰寺는 "중봉산의 기슭에 당나라 경복 원년(892년)에 지어졌다."(在中峰山之麓, 唐景福元年(892年)建)[7)]라고 되어 있다.

일찍이 유영이 지은 「제건영중봉사題建寧中峰寺」시가 있다.

> 꿈속에서 매달렸는데 돌을 밟고 높은 산에서 떨어졌고, 수 만 개의 봉우리 가운데 사묘는 열려있다. 중은 공중을 향하여 세계로 삼았고, 눈으로 평지를 바라보니 바람과 천둥이 친다. 원숭이는 새벽에 과일을 훔쳐서 푸른 소나무로 올라가고, 대나무는 푸르게 흐르는 물에 머물고 거울로 들어왔다. 만 한달 지나 노닐었는데, 이상하게도 질리지가 않고, 돌아오고 싶었으나 더욱 지체되어 돌아왔다네.
>
> 攀夢躡石落崔嵬, 千萬峰中梵室開. 僧向半空爲世界, 眼看平地起風雷. 猿偸曉果升松去, 竹逗淸流入鑒來. 旬月經游殊不厭, 欲歸回首更遲回.

마지막 2구의 시에서 보면 유영은 항상 음력 10월에 중봉사에 올라 노닐었고, 그리하여 차마 떠나갈 수 없었다. 이 시는 절에서 노니는 정경을 썼고, 음률은 엄밀하며 댓구도 뛰어나다. 의경은 자못 평범하고 마땅히 연습하여 쓴 작품이다. 그러나 이로 말미암아 작자는 이미

---

6) 林新樵, 『柳永詞初探』, 『文學遺産增刊』 제16집, 1983년 中華版.

7) 『嘉靖建寧府志』 卷3, 卷19.

시체詩體에 가까운 예술기교를 능숙하게 장악했다는 것을 알 수 있다.

숭안崇安의 성 남쪽에 중국 도가의 명승지인 무이산武夷山이 있는데 지방지의 기록에 근거하면 다음과 같다.

> 무이산은 현의 남쪽 30리에 있고, 그 봉우리가 큰 것이 36개가 있다. 이 밖에 유명한 것으로 다시 10여개가 있다. …… 산을 두루 돌면 120리이고, 바위와 산봉우리가 서로 이어져 있으며 모습이 모두 다르다. …… 매일 날씨는 축축한 음기로 쌓여 정상을 다시 볼 수 없다. 아침에 햇빛이 막 비추기 시작하면 다른 봉우리와 그윽한 바위가 층층이 포개져서 드러나 보인다. 눈과 마음을 놀라 감탄하게 한다. 나는 듯한 폭포수가 벼랑으로 떨어지는데, 한 번 쏟아지면 수많은 칼같다. 굽이굽이 흐르는 계곡은 그 사이를 휘감는다. 산에 오르고 저어가며 찬란한 경치를 우러러보고, 고개숙여 푸르름을 희롱하니 바라봄에 정신이 없었다. 정말 좋은 경치이다. 그 산은 크게 밀어젖혀 위로는 풍성하고 아래는 날카로우나 색은 모두 붉고 윤이 난다. 세상에서는 건영을 만들어서 단산의 비취빛 물이 되었다고 말하는데 아마 이것을 가리키는 것이다. 도가에서는 열여섯번째 신선의 동굴이라고 한다.
>
> 武夷山在縣治南三十里, 其峰峦大者三十有六, 此外以名著復十餘. …… 山周回一百二十里, 岩岫聯屬, 形狀不一. …… 每天氣積陰, 不復見頂; 朝陽初照, 則異峰幽岩, 層見疊出, 駭目驚心. 飛瀑落崖, 一瀉萬刃. 溪流九曲, 繞繞其間. 屐登棹游, 仰瞻燦顏, 俯弄淸泚, 應接不暇. 眞一方之勝槪也. 其山大抵豊上鎌下, 而色皆紅潤. 世言建(建寧)爲丹山碧水, 盖指此也. 道家謂第十六洞天.[8]

『악장집』 중에 「무산일단운巫山一段雲」 5수의 연장체 사는 정을 말하고 읊고 있는데 1수에서 다음과 같이 말했다.

---

8) 『嘉靖建寧府志』 卷3.

신선이 사는 서른여섯 개의 동굴, 아홉 개의 사물 밖의 하늘이다. 여러 산에 신선이 기린을 타고 상스러운 구름을 달린다. 어느 곳에 수레를 멈출까. / 어제 밤에 선녀 마고를 잔치에 모시고, 또 봉래산에서 푸른 돈을 말하네. 몇 번이나 산의 다리를 돌아 구름 물결을 희롱했나, 마치 금색의 큰자라 같이 보인다.

六六眞游洞, 三三物外天. 九班麟穩破非煙. 何處按雲軒. / 昨夜麻姑陪宴. 又話蓬萊淸淺. 幾回山脚弄雲濤. 彷佛見金鰲.

작품중에 '육육六六'구절은 무이산의 삼십육봉을 가리킨다. '삼삼三三'구절은 무이산 가운데의 아홉 구비 계곡을 가리킨다. 무이산武夷山 가운데 유명한 사관을 충우관冲祐觀이라고 여겼는데, "천주봉天柱峰, 옛 이름은 무이관武夷觀이고 당 천보 년간天寶年間 주저洲渚 사이에서 지어졌다. 오대 왕정은 거짓으로 궁전을 확충하여 넓혔고 나중에 지금의 장소로 옮겼다. 송 함평咸平 년간 2년(999년)에 황제에게 으뜸으로 하사받았는데 나중에 무이관을 궁으로 바꾸었다. 보태어 '萬年'자(武夷冲祐萬年宮)를 더해서 보내주었다. 안으로는 특정등特定等 오원五院이 있고, 지선등止善等 일십삼당一十三堂이 있다."(在天柱峰下, 舊名武夷觀, 唐天寶間始建於洲渚之間, 僞閩(五代王廷政)增廣殿宇, 後遷今所. 宋咸平間(二年, 999年)賜額元, 改觀爲宮, 加賜'萬年'字(武夷冲祐萬年宮), 內有特正等五院、止善等一十三堂)[9]라고 했다. 충우관冲祐觀은 송 진종眞宗 함평咸平 연간年間 정리 수리된 후 대중 상부大中祥符 2년(1009)에 망루터를 크게 확충하였고, 큰집 300여 칸을 새로 지었다. 사원에 참배하는 사람이 매우 많았다. 유영의 「무산일단운巫山一段雲」 제2수에서 충우관을 다음과 같이 읊었다.

---

9) 『嘉靖建寧府志』 卷15.

옥나무로 둘러싼 삼면의 신선 궁전, 금색 용이 구중 천문을 안고 있네. 삼청경三清經중 상청上清에 진인眞人의 유명한 책과 신선무리들이, 아침에 오색의 상서로운 구름에 절하네. / 어제밤 제왕의 궁전에 작게 고하여 내려갔다. 급히 천서天書의 사자를 불러서, 옥상자에 있는 천서를 가져와 붉은 노을을 내리라고 했네. 다시 한나라 황제의 궁궐에 이르렀다.

琪樹羅三殿, 金龍抱九關. 上淸眞籍總群仙. 朝拜五雲間. / 昨夜紫微詔下. 急喚天書使者. 令賚瑤檢降彤霞. 重到漢皇家.

여기의 「무산일단운巫山一段雲」 5수는 대략 유영이 대중 상부大中祥符 년간 무이산에서 노닐다가 지은 작품이다. 이 시기 유영의 나이는 대략 스물두살 무렵이었다. 이 사는 유선의 뜻을 기탁하며 도가의 전고를 많이 썼으며, 작가가 비교적 풍부한 학식을 가지고 있었으나 예술수법이 결코 뛰어난 작품은 아니었다. 구체적으로 유선시의 특색이 깊은 전통을 가지고 있었고, 시범삼아 지은 작품에 속한다. 유영은 후대에 와서 사의 예술형식을 새롭고 참신하여 지어 유명한 사인이 되었는데 그 연유는 어디에 있을까? 일설에 의하면 유영은 젊은 시절 책을 읽다가 우연히 한 수의 민간에서 무척이나 유행하는 사를 보았다고 하는데, 사조명은 「미봉벽眉峰碧」이다.

미봉벽眉峰碧 찌푸려 망가뜨리고 있는데, 부드러운 손을 그대로 포개 잡고 있다. 종일 보아도 모자라는 이 때에, 그래 원망을 외톨이로 만들고 배겨낸다는 건가. / 저물녘에 촌 역사에 들어, 비바람에 시름으로 밤새웠다. 창 밖의 파초 창안의 사람, 뚜렷하게 잎 위와 마음속에 물방울 떨어진다.

蹙損眉峰碧. 纖手還重執. 鎭日相看未足時, 忍便使鴛鴦只. / 薄暮投村驛. 風雨愁通夕. 窗外芭蕉窗裏人, 分明葉上心頭滴.

이 작품은 이별의 정서를 절묘하게 쓴 작품이다. 상편은 연인이 헤어졌을 때 남은 상흔의 정경을 썼다. 이별이 원인이 되어 연인의 미간 찡그리고 있는 것을 함축하고 손을 잡고 서로 보며 차마 버리지 못한다. 다만 인내하며 참으며 원앙 한 쌍은 아래로 헤어졌다. 하편은 그리움의 고통을 썼다. 나그네는 비바람 부는 황혼녘에 촌마을 역참에서 묵었는데 창가 밖에 파초잎 위로 떨어지는 비 소리를 듣고 처량한 고통이 저며오고, 한 방울 한 방울 마음을 적시는 것 같았다. 사속의 진지하고 강렬한 정감은 질박한 언어와 전형적인 생활 줄거리를 통해 완곡하고 자연스럽게 표현하였다. 민간사의 수준 높은 예술성을 드러내며, 깊은 예술적 감동을 주었다. 유영의 이 사는 담장위에 반복적으로 절차탁마하며 썼는데, 마침내 사를 짓는 방법을 깨달았다.[10] 유영은 이후에 대중을 위해 통속적인 사를 썼는데, 이것은 초년에 민간사의 영향을 받은 것과 깊은 관련이 있다.

유영은 공부하고 일을 맡아 하면서 향시鄕試를 치렀다. 일찍이 북송의 수도 동경東京(지금의 하남성 개봉시開封市)으로 과거시험을 치러 갔다. 유영의 명편「팔성감주八聲甘州」 하편에서는 다음과 같이 말했다.

> 차마 높이 올라 멀리 바라볼 수 없으니, 고향 쪽을 바라보면 아득하기만 한데, 돌아가고픈 마음을 가눌 수가 없구나. 한스럽게도 지난 몇 년의 흔적을 살펴보면, 무슨 일로 고달프게 오래도록 머물러 있었는가? 생각해보면 그녀는 누각에서 물끄러미 바라보며, 몇 번 이나 속았을까 저 멀리 내가 돌아오는 배인 줄 알고? 어찌 알려 이내 몸 난간에 기대어, 이렇게 슬픔에 응어리져 있는 것을
>
> 不忍登高臨遠, 望故鄕渺邈, 歸思難收. 嘆年來蹤跡, 何事苦淹留. 想佳人、妝樓顒望, 誤幾回、天際識歸舟. 爭知我、倚闌幹處, 正恁凝愁.

---

10)『詞林紀事』卷18에서 楊湜의『古今詞話』에 인용된 것에 보임.

이것은 그가 고향을 떠난 후에 지은 작품이다. 그가 명리를 쫓아 이리저리 떠돌아다니는 가운데 고향에 대해 깊은 감회를 쓴 것이다. 때문에 고향은 '난간에서 물끄러미 바라보며'(妝樓顒望) 구절의 '가인佳人'은 아마도 그의 아내와 자식일 것이다.

또 「야반악夜半樂」 제3편을 보자.

이제 생각하면 고향의 아름다운 누각 너무 쉽게 떠나와, 물결에 떠도는 부평초처럼 정착할 수가 없구나. 아아, 훗날의 기약을 정녕 무엇에 의지하리? 이별의 정회 참담하고, 날은 저무는데 돌아갈 날 막막하여 슬픔이 인다. 이슬 맺힌 눈으로 응시하니, 서울 가는 길 아득한데, 외로운 기러기 소리 저녁 하늘 멀리 사라져 간다.

到此因念, 繡閣輕抛, 浪萍難駐. 嘆後約丁寧竟何據. 慘離懷, 空恨歲晩歸期限. 凝淚眼、杳杳神京路. 斷鴻聲遠長天暮.

이것은 그가 이전에 신경神京으로 가는 도중에 고향에 대한 그리움을 쓴 것이다. "고향의 아름다운 누각 너무 쉽게 떠났다"(綉閣輕抛) 구절 역시 처자와의 이별을 가리키는 것이다. 사속에 토로한 심정은 매우 모순적이다. 공명과 이익과 벼슬을 위해서 고향을 떠나 부인과 헤어졌지만 세속의 부귀영화가 헛되다는 것만을 느끼며 고향을 여전히 버리기 어려웠다. 도연명陶淵明처럼 전원으로 돌아가 은거하고 싶은 바람을 나타내었다.

유영의 「귀조환歸朝歡」을 보자.

한바탕 고향땅을 바라보니 안개와 물로 막혀있어, 더욱 돌아갈 마음 날개 돋침 느낀다. 시름겨운 구름과 한스러운 비, 두 가지 끌어당기며 얽혀서, 새봄과 남은 섣달 서로 성화를 부린다. 세월은 도시 순식간에 지나가 버리는데, 물결에 떠도는 부평초나 바람에 날려다니는 풀대궁같이 사는 것 정말 무슨 소용있나. 돌아가리라, 옥루의 깊은 곳에, 그리워하는 사람이 있노니.

一望鄉關煙水隔. 轉覺歸心生羽翼. 愁雲恨雨兩牽縈, 新春殘臘相催逼. 歲華都瞬息. 浪萍風梗誠何益. 歸去來, 玉樓深處, 有個人相憶.

유영은 벼슬길에 들어온 후 "벼슬하며 재미있게 노니는 맛을 알았다"(諳盡宦游滋味)라고 했다. 그가 말하길 "맹광孟光이라도 어찌 나의 마음을 알겠는가. 계속 날이 더할수록 초췌해진다."(算孟光、争得知我, 继日添憔悴) (「정풍파定風波」)라고 했다. 맹광은 동한 때 양홍梁鴻의 부인으로 같은 현에 살았던 사람이다. 부인은 손님과 같이 공경했는데, 맹광은 매우 가난하였다. 후에 함께 산에 살면서 농사짓고 베를 짜서 가계를 꾸렸다. 유영은 상상 중에 현명한 부인이 그를 가련하게 여겨 "세상 명리에 얽매여 있다" (名繮利鎖)와 "계속 날이 더할수록 초췌해지네"(日添憔悴) 구절을 썼다. 때문에 사 속에 맹광고사를 빌린 것은 현명한 부인을 가리키기 위해서이고 암암리에 앞사람들은 부부가 단란하게 평온한 가정생활을 하고 싶은 마음을 기탁한 것이다. 그러나 자신은 고향을 떠나온 후 다시 고향을 그리워했지만 더 이상 돌아갈 수 없었다.

제2장

유영의 전기생활과 창작

북송의 수도인 동경東京(또한 변경汴京이라 일컬음, 지금 하남성 개봉시開封市)은 당시 중국에서 가장 큰 도시였다. 태평하고 융성했던 송 태종太宗때부터 진종眞宗 천희天禧 년간(976~1021) 동경의 거주 인구는 약 50십만 명 가량이었다. 게다가 황실 귀족뿐만 아니라, 궁녀 · 환관 · 객상 · 여행객 · 과거준비생 · 주둔군 · 소수민족과 외국인 등도 거주했는데 대략 100만명에 달했다.[1] 동경은 황하 하류에 위치해 있고 수륙 교통이 편리하여 상업이 번영했고 문명이 크게 융성하여 부유하고 아름답기가 이를 데가 없었다. 예를 들면 송대 사람 맹원로孟元老는 다음과 같이 말했다.

> 태평스러운 날이 오래되었고 사람들로 번화하네. 더벅머리를 아래로 내린 아이들은 다만 북치고 춤추는 것만 연습한다. 머리가 희끗희끗한 백발의 노인은 방패와 창도 알지 못한다. 계절이 서로 번갈아 이어지고, 각기 보고 감상할 것이 있다. 달밤에 등불을 켜고, 눈이 내릴 때 꽃이 피고, 칠월 칠석날에 산에 오르고, 연못이 있는 동산에서 노닐었다. 눈을 뜨면 화려한

---

1) 吳濤의『北宋都城東京』1984년 河南出版社版 37쪽 참조.

기루 수놓아진 창문과 구슬 주렴, 천자의 거리에 다투어 세워 놓은 화려한 수레, 천자의 거리를 다투어 달리는 보배로운 말들이 보이니, 금빛과 비취빛에 눈이 부시고 미인들의 향기가 풍겨온다. 기루의 거리에선 새로운 소리인 사와 웃음소리 울려 퍼지고, 다방과 술집에선 관악기와 현악기를 연주하네. 사방팔방 먼 곳에서 다투어 모여드니 만국이 다 통한다.

太平日久, 人物繁阜. 垂髫之童, 但習鼓舞 ; 班白之老, 不識於戈. 時節相次, 各有觀賞. 燈宵月夕, 雪際花時, 乞巧登高, 教池遊苑. 擧目則青樓畫閣, 繡戶珠簾. 雕車競駐於天街, 寶馬爭馳於禦路, 金翠耀目, 羅綺飄香. 新聲巧笑於柳陌花衢, 按管調弦於茶坊酒肆. 八荒爭湊, 萬國鹹通.[2)]

당시 조정은 매번 과거제도를 시행하여 선비를 뽑았다. 세상의 선비들은 각지에서 동경에 운집했다. 유영은 대략 송 진종 천희원년天禧元年(1017년) 이전에 동경에 와서 과거시험에 응시하였다. 유영의 「옥루춘玉樓春」 5수의 사가 있는데, 최초로 동경에 왔을 때의 즐겁고 기쁜 심정을 담고 있었고, 나라가 흥성한 전경과 황제가 사는 도시의 번화하고 부귀함을 찬미하였다. 예를 들면 제3수에서 다음과 같이 읊었다.

황도의 오늘 밤이 어떤 밤인지 아는가? 특별히 풍광이 아름다운 길거리에 가득차네. 관현악기 연주하는 소리가 초봄의 야밤 허공에 퍼지고, 납향 햇불과 난초 등불로 새벽 색을 불사른다. / 봉황 누각은 십이신의 집이고, 구슬 신발을 신은 수많은 조정 관리의 행차가 있다네. 치안을 담당하는 관리는 육거리에서 노니는 것을 금하지 않았고, 죽도록 방탕했던 흔적은 또한 비의 흔적 같네.

皇都今夕知何夕. 特地風光盈綺陌. 金絲玉管咽春空, 蠟炬蘭燈燒曉色. / 鳳樓十二神仙宅. 珠履三千鵷鷺客. 金吾不禁六街遊, 狂殺雲蹤並雨跡.

---

2) 孟元老, 『東京夢華錄』 序.

이것은 즐거운 도시의 밤을 묘사한 장면이다. 현악기와 대나무 관 현악기 소리가 표표히 텅빈 밤에 휘날리고, 등불의 즐겁고 경사스런 야광빛은 붉은 구름 무지개 빛으로 물들이고, 사람들은 노닐며 즐기고, 기녀들은 구름과 같고, 청춘 남녀들은 더욱더 즐거워하는데 이에 비할 바가 없다. 우리들은 「옥루춘玉樓春」사 4번째 수에서 송 진종 천희天禧 2년에 지은 것임을 알 수 있다. 사에서 다음과 같이 말했다.

> 조정에선 홀과 금장을 소중히 여기는데, 지방관을 중임하고 측근의 신하들을 멀리하신다. 드높은 궁정에 노대신들은 늘어서 있는데, 아홉 살 황태자가 새로 계책을 올리신다. / 황실의 곡창 날로 풍부해져 서울에서 최고이고, 대궐에선 밤에도 자리를 앞으로 끌며 담론할 것을 생각하신다. 심복하며 기쁜 마음에 흠뻑 술을 마시니, 천 잔을 가득 채우지 않으면 취하지 않으리.
>
> 星闈上笏金章貴. 重委外台疏近侍. 百常天閣舊通班, 九歲國儲新上計. / 太倉日富中邦最. 宣室夜思前席對. 歸心怡悅酒腸寬, 不泛千鍾應不醉.

이것은 조정趙禎(후대의 송 인종仁宗)이 황태자로 책봉된 것을 축하하기 위해 지은 것이다. 조정은 진종眞宗 대중상부大中祥符 3년(1010) 4월에 태어났다. 천희 2년(1018년) 8월 많은 신하들이 진종을 청하여 황제에 올리고 태자를 나라의 세자로 세웠다. 9월 진종은 조정을 황태자로 책봉했다.[3] 이 해 조정은 9살이었다. 세자로 세운 일은 국가의 운명과 관계가 있었다. 때문에 큰 경사스러운 일이었다. 사 속에는 황태자로 책봉하는 것을 빌어 성대한 행사를 열었다. 진종 황제의 현명함을 노래했다. 이를테면 감찰직무를 맞긴 것을 중시한 것이나, 신변의 시

---

3) 『宋史』 卷8 · 卷9에 보임.

종들의 거리를 소원하게 하고, 국가를 위해서 중장기적인 큰 계획을 세우고, 황실의 현명한 인재를 구하는 등의 일이다. 사인은 국가의 흥성과 태평성세로 인하여 즐겁게 가무를 즐겼다. 이것은 유영의 청년시대가 국가의 운명에 대한 관심과 사회 현실에 대한 관심을 설명하는 것이다.

중국의 과거제도는 북송 시대에 비로소 완전히 확립되었다. 그 제도는 날이 갈수록 엄격하고 정밀해졌고 완비되었다. 합격자 수가 당대와 비교하여 크게 증가되었고, 게다가 시험의 수속도 간단해졌고 합격한 후 즉시 관직으로 발령을 받았다. 유영은 이미 천보 2년에 동경에 있었는데, 이듬해 진종 천보天寶 3년(1019)에 과거에 응시하여 진사 200명중에 합격하였다. 모든 과는 354명이었다. 천성天聖 5년(1027) 과거에 응시하여 진사 77명을 뽑았는데 제과諸科는 894명이었다.[4] 이 두 차례 유영은 또한 과거시험에 참가했으나 오히려 수차례 낙방하였다. 이로 인하여 장기간 서울을 떠돌아 다녔다. 사인의 작품에서도 이러한 상황이 반영되어 있다. 예를 들면 「장수악長壽樂」에서 다음과 같이 말했다.

더욱 사랑에 빠지고 비취색 구름은 나른하다. 날이 가까이 오니, 맹렬했던 사이 미칠듯한 마음을 끌어 묶어주었네. 아름다운 가기들이 모여있는 가운데, 악기 연주하고 노래 부르던 주연 자리에서, 맘속으로 사랑하는 몇 사람이 있어 나는 만족스럽네. 화장하고 교태로운 미소 짓는 것을 알았고, 마음대로 몇 마디 하자 그녀의 교태로운 모습이 사람을 미혹하네. 몇 번 알았으랴? 기루에서 맘껏 술 취해 몰래 서로 만나기로 한 약속을, 거듭 손을 이끌고 향기나는 비단 이불에서 사랑을 나누지 않을 수 없었다. / 정은 점

4) 馬端臨의 『文獻通考』 卷31: 『宋登科記總目』에 근거함.

차 아름답고, 셈하여 손잡으니 좋고, 남녀간의 사랑으로 서로 이어졌다. 곧 황궁의 봄끝 무렵이고, 황제가 사용하는 향로 향기는 간드러지고, 황제가 친히 시험을 주관했다네. 황제의 얼굴을 지척에서 대면하고 과거시험에 장원으로 급제했다. 당신을 기다릴 때, 돌아오면 축하 하례하기를 손꼽아 기다렸다. 좋은 낯선 곳이 나에게 큰 길한 운과 이로움을 주었다네.

尤紅殢翠. 近日來、陡把狂心牽系. 羅綺叢中, 笙歌筵上, 有個人人可意. 解嚴妝巧笑, 取次言談成嬌媚. 知幾度、密約秦樓盡醉. 仍攜手, 眷戀香衾繡被. / 情漸美. 算好把、夕雨朝雲相繼. 便是仙禁春深, 御爐香裊, 臨軒親試. 對天顔咫尺, 定然魁甲登高第. 待恁時、等著回來賀喜. 好生地. 剩與我兒利市.

이 작품은 민간의 기녀를 위해서 쓴 사이다. 송대의 동경은 당대의 장안과 마찬가지로 노래를 부르고 춤을 추는 곳이었고, 소곡 그윽한 동네 시장 거리 등에서 가장 젊은 청년들에서 흡인력을 끄는 장소였다. 당시의 분위기는 "무릇 천거된 자와 새로 진사가 된 자, 삼사막부들은 아직 조정의 관적을 통과하지는 못했다. 직접 관전館殿에 이르지 않은 자들은 모두 나아가 놀 수 있었다. 돈 쓰는 것에 인색하지 않았고, 관리가 임지에 부임하면 수륙으로 모두 준비했다. 그 가운데 능히 문사를 지을 수 있는 기녀들이 많았고, 말을 잘했고, 또한 균형잡힌 사람으로 응당 법도가 있었다."(凡擧子及新進士、三司幕府, 但未通朝籍、未直館殿者, 鹹可就遊. 不吝所費, 則下車水陸備矣. 其中諸妓多能文詞, 善談吐, 亦平衡人物, 應對有度.)[5] 라고 했다. 이것은 비정식의 서울 관원임을 알 수 있다. 예를 들면 과거시험에 응시한 수험생, 새롭게 과거에 합격한 말단 관직자, 군대막료 등의 사람들이 이러한 곳에 놀러왔음을 알 수 있다. 그러나 기예는 특별한 직업의 민간 가기들이 그들에게 풍부한 매력을 끌리게 했

---

5) 金盈之, 『新編醉翁談錄』 卷7, 『平康巷陌記』 인용.

다. 유영은 외지에서 서울로 와서 일찍부터 도시생활에 대한 분위기에 익숙했다. 게다가 기녀들이 노래 부르고 무대에서 춤추는 것에 빠져들었다. 때문에 그의 사 속에는 한 명의 민간 기녀를 사랑했던 상황을 서술하고 있다. 스스로 "과거시험에 장원으로 급제했다"(定然魁甲登高第)로 삼았고, 기다려 황제의 "황제가 친히 시험을 주관했다"(臨軒親識)에 이르렀다. 진사와 과거에 합격한 후 반드시 그녀에 대해 감사의 응대를 표시해야 했다. 그가 과거에 참가한 것은 믿음이 충분했기 때문이다. 어찌 사실과 원래 목표가 어긋나는 것을 예상했겠는가? 결과는 과거에 낙방했다. 유영의 「여어수如魚水」 사에는 "명리는 부질없고 헤아려 버리고 멈추었다. 시비를 마음어귀에 걸어놓지 마라. 부귀는 거의 사람으로 말미암는 것이고, 때때로 높은 뜻이 반드시 보상할 것이니"(浮名利, 擬拚休. 是非莫挂心頭. 富貴幾由人, 時會高志須酬)라고 되어 있다. 이것은 분명히 과거 낙방 후의 스스로 나태함을 없애며, 스스로 위안을 삼았다. 하지만 과거시험장에서 불리함으로 인해 일찍이 명리추구하려는 뜻을 버렸다. 또한 어떤 때에는 인생이 전환되는 날이었을 거라고 믿었다. 그 때에 이르러 평생의 높은 뜻을 실현하여 만족했다. 이 때문에 비단으로 수놓은 전도에서 절망으로 돌아가지 않았다. 그는 기녀 충충蟲蟲을 위해서 쓴 「정부악征部樂」 사에는 여전히 과거에 대한 열정과 갈망이 드러나 있다.

기쁜 만남 나누던, 좋은 시절 애석하게도 헛되이 흘러 보냈으니, 매번 방탕했던 지난날을 떠올릴 때면, 항상 이처럼 하루 종일 수심에 잠긴다. 누군가에게 부탁해, 화류가에 있을 그녀를 찾아가, 지금 이 내 심중을 자세히 말해주게 할 수 있다면, 나에게 오는 길이, 너무도 아득함을 알고서 그녀도, 꿈속에서나마 괴롭게 내 생각을 해주려나. / 애초에 알았어야 했어, 남녀간의 사랑하는 마음은, 언제고 얻기 어려운 것을, 하지만 이제 바라는 것은, 충충의 마음속에서, 이 사람을 대할 때, 처음 알게 됐을 때처럼 대해주었으며 하는 것이지. 하물며 봄빛은 점점 더 짙어져가고 있으니, 설사 과거시험의 소식이 있다 해도, 이번에는 그대와 사랑을 나눌 테야. 다시는 가벼이 떠나지 않으리.

雅歡幽會，良辰可惜虛拋擲. 每追念、狂蹤舊跡. 長只恁、愁悶朝夕. 憑誰去、花衢覓. 細說此中端的.道向我、轉覺厭厭，役夢勞魂苦相憶. / 須知最有，風前月下，心事始終難得. 但願我、蟲蟲心下，把人看待，長以初相識. 況漸逢春色. 便是有、舉場消息. 待這回、好好憐伊，更不輕離拆.

사에서 얽히고 설켜 그리워하는 고통을 말했다. 예를 들면 당대 시인 한유가 이른바 "너무도 다정한 그녀의 목소리, 은혜와 원망은 너 때문이네"(昵昵兒女語, 恩怨相爾汝)와 같다. 유영이 아는 기녀 가운데 충충이 가장 깊은 정이 있었다. 그는 그녀를 위로하면서 장차 "과거시험장의 소식"(舉場消息)이 있을 것이다. 혹은 충분히 우수한 성적으로 합격할 수 있을 것이라고 했다. 과거시험에 높은 성적으로 합격한 후 두 사람은 다시 헤어졌다. 송나라 초기에 과거를 개최하여 진사가 되는 제도가 정해지지 않았다. 송 인종 때에야 비로소 점점 3년에 한번 과거시험을 개최하는 것이 정해졌다. 송이 통일한 중국은 나중에 인재가 모자라서 과거에 합격한 진사의 수는 크게 증가되었다. 그러나 유영은 불행하게도 과거에 낙방했다. 그는 분노가 치밀어 쓴 「학충천鶴冲天」사가 한 때 성대하게 전해졌다.

과거시험 합격자 명단을 보니, 장원 급제의 희망은 물거품이 되었다. 청명한 시대에 현자를 내쳤으니, 이를 어디다 하소연하리? 순조롭게 청운의 꿈을 이루지 못했으니, 어찌 마음껏 놀아 보지 않을 수 있으랴. 이제와 이해득실을 따져서 무엇 하리? 예로부터 재능있는 사인은 평민의 복장을 한 대신이었지. / 안개서린 꽃 들어찬 거리에서, 예전처럼 그림 병풍에 둘러싸여야하지. 다행히 마음에 품은 사람 있으니, 어디 찾아가 보아야지. 붉은 치마 푸른 저고리에 기대서, 풍류남아의 일, 평생토록 마음껏 즐기리. 곧 사라질 잠시의 청춘이니 헛된 명리에 미련이 없어, 술 마시며 노래 부르는 일과 바꾸었네.

黃金榜上. 偶失龍頭望. 明代暫遺賢, 如何向. 未遂風雲便, 爭不恣狂蕩. 何須論得喪. 才子詞人, 自是白衣卿相.[6] / 煙花巷陌, 依約丹青屏障. 幸有意中人, 堪尋訪. 且恁偎紅翠, 風流事、平生暢. 青春都一餉. 忍把浮名, 換了淺斟低唱.

중국 역사에서 뛰어난 문학가들이 많이 있었는데, 과거가 성행하던 시대에 수차례 불합격하여 자포자기하며 무명의 선비로 평생을 마친 사람이 있었다. 이것은 결코 그들의 재능이 무능해서가 아니었다. 단지 그들이 봉건통치계급의 인재상에 부합하지 못했다고 얘기할 뿐이다. 이 사는 작가가 공명과 영욕을 경시하고 전통봉건사상 규범에 위배되고 역행하는 것을 표현한 것이다. 태평성대에는 마땅히 재야에 버려진 인재가 없어야 한다. 오히려 성세에 버려진 인재들은 평범하지 않은 현상을 반대로 조성하게 되어서, 낙방한 선비는 벼슬길에 오르는 길을 잃어버렸다. 고대 관리와 일반백성의 옷 색깔은 모두 차등이 있었는데 아직 벼슬하지 못한 자는 모두 흰색 옷을 입었다. 유영은 본디 현명한 재주로써 스스로 운명을 삼았지만 벼슬길에서 실의하였기 때문에 스스로 '백의경상白衣卿相'이라고 불렀다. 뜻은 자신이 비록 벼슬길에 들어가지는 못했지만 재기는 경상卿相 등과 함께 할 수

6) 曾慥『類說』권34: "盧肆進士, 自號白衣卿相.(노운은 진사로, 자호는 백의경상이다.)"라고 되어 있다. 노운은 당대 사람이다.

있었다. 그의 관점에서 보면 공명을 얻는 것과 청춘을 즐기는 것, 두 가지 모두 중요했다. 기왕 전자는 뜻대로 이룰 수 없었고, 단지 "화류계의 골목"(烟花巷陌)에서 청춘을 즐거움을 찾는 것만 있었다. 누가 그가 이러한 편벽된 격정적인 감정에서 「학충천鶴冲天」이 널리 전파되는 것을 알았겠는가? 심지어 인종 황제에 이르기까지 이 사를 알고 있었다. 유영이 인종仁宗 초년에 비록 과거시험을 쳤지만 방문에 이르렀으나 결국 인종때 낙방하였다. 송대 오증吳曾은 이 사실을 다음과 같이 기술했다.

> 인종은 선비의 고아함에 뜻을 두어 근본에 힘쓰고 도로써 다스리고자 하였으며 이에 헛되고 지나치게 화려한 문장은 크게 배척하였다. 재위초 진사에 오른 유영은 남녀 사이의 음탕한 사랑을 노래한 사를 잘 지어서 그것이 사방에 퍼졌었는데 일찍이 「학충천鶴冲天」사에서 "헛된 명예일랑 참고, 그저 나지막히 노래나 불러야지"라고 말한 적이 있어, 대궐 처마에 막 그의 이름을 방榜에서 빼서 낙방시키면서 말하길 "가서 술이나 마시고 나지막하게 노래나 부르지 무슨 헛된 명성이 필요한가!"라고 말하였다. 경우원년景祐元年(1034년)에야 비로소 과거 급제를 하고 이후에 이름을 영으로 바꾸었다.
>
> 仁宗留意儒雅, 務本理道, 深斥浮豔虛薄之文. 初, 進士柳三變好爲淫冶謳歌之曲, 傳播四方, 嘗有「鶴冲天」詞雲 : "忍把浮名, 換了淺斟低唱." 及臨軒放榜, 特落之曰 : "且去'淺斟低唱', 何要'浮名'?" 景祐元年方及第. 後改名永, 方得磨勘轉官.[7)]

유영은 인생에서 이처럼 심한 충격을 받았음을 알 수 있다. 그러나 사인은 이러한 비극적인 고통속에서도 의기소침함이 없었고 오히려 그가 통치계급과 어긋나서 민간 문예창작의 길로 나아갈 것을 굳게

7) 吳曾, 『能改齋漫錄』 권16.

결심하였다. 송대 사람 엄유익嚴有翼의 말에 근거하면 다음과 같다.

> 당시에 유영의 재능을 추천하는 자가 있었는데, 황제 인종이 "유영의 전사를 얻지 못했느냐"라고 말하자, "그렇습니다"라고 답했다. 황제가 말하길 "또 전사를 버렸다"라고 했다. 이로 말미암아 뜻을 얻지 못하고, 황제와 더불어 …… 이로 말미암아 뜻을 얻지 못했다. 황제와 더불어 방탕하여 구속되고 얽매임이 없는 자가 종횡으로 술집과 기관에서 노닐었는데, 더 이상 검소하고 절제하는 것이 없었다. 스스로 "황제에게 받드는 좋은 사는 모두 유영의 전사이다"라고 했다.[8]
>
> 當時有荐其才者, 上仁宗曰: "得非填詞柳三變乎" 曰: "然" 上曰: "且去填詞" 由是不得志, 日與 …… 由是不得志, 日與猥子[9]縱游娼館酒樓間, 無復檢約, 自稱云: "奉聖旨填詞柳三變."

"봉성전지사"(奉聖旨填詞) 구절은 통치계급의 조소를 의미하고, 또한 사인의 십분 신랄한 정감을 함축하고 있다. 이로부터 유영은 더욱 민간 통속문예 창작에 힘을 다했다.

유영은 중국문학사상 저명한 풍류재자이다. 그는 음률에 정통하고 깊고 넓은 문예 수양을 갖고 있었다. "재예가 높고 풍부하다"(藝足才高)(「여어수如魚水」), "평생 동안 스스로 대단하게 여겼고, 풍류와 재능이 조화로웠다"(平生自負, 風流才調)(「전화지傳花枝」) 그는 또한 항상 송옥과 사마상여와 반악을 자신과 비교하며 "낭군은 다행히 지니고 있다. 구름 지르는 사부와 과일 던지는 훤칠한 풍채"(檀郎自有, 凌雲詞賦[10], 擲果風標)[11]

---

8) 胡仔, 『苕溪漁隱叢話 · 後集』 권39에서 嚴有翼이 인용한 『藝苑雌黃』에 있음.

9) 猥子: 방탕하고 구속되고 얽매임이 없는 사람을 말한다.

10) 司馬相如(기원전 179?~117년) 서한의 저명한 문학가, 부에 뛰어났다. 한무제가 신선을 좋아하여 사마상여가 「大人賦」를 지었는데, 능운凌雲이라는 뜻이 있다.

11) 潘岳(기원전 247~300년) 자는 안인安仁, 진대 문학가이다. 반악은 매우 잘생겨서, 소년

(「합환대合歡帶」); "듣자하니 그 난대의 송옥같은 새 연인은 다재다능하여 사부에 뛰어난 사람이나 하네.)"(見說蘭臺宋玉[12], 多才多藝善詞賦)(「격오동擊梧桐」)라고 했다. 『악장집』 중에는 유영이 서울에 있을 때 낭만적 생활을 적은 많은 기록이 전하고 있다. 「간화회看花回」 (제2수)를 예로 들어본다.

옥으로 만든 금색의 계단에서 순임금때 간척무를 추었고, 아침 저녁으로 많이 즐겨웠지. 번화한 도시의 큰길 풍광은 아름답고, 바야흐로 수많은 집, 관현악기 연주소리는 급하구나. 궁내의 누각에서 번화한 길을 대하면, 연기 같기도 하고 아닌 것 같은 상서로운 기운. / 기녀들의 아속하고 즐겁고 아름다운 모습을, 어찌 방년을 저버릴 수 있으랴. 대자리에서 노래 부르며 웃는 소리가 낮부터 밤까지 이어졌고, 주루에 가니 한 말술 가격이 수 천 냥이고, 어느 곳에서 마음이 즐겁고 좋을 수 있으랴! 오직 술잔 앞에만 있으면

玉城金階舞舜幹. 朝野多歡. 九衢三市風光麗, 正萬家、急管繁弦. 鳳樓臨綺陌, 嘉氣非煙. / 雅俗熙熙物態妍. 忍負芳年. 笑筵歌連席連昏晝, 任旗亭、鬥酒十千. 賞心何處好, 惟有尊前.

그는 나중에 이 때의 생활을 회고하면서 다음과 같이 말했다.

서울에서 그 당시 불 밝힌 밤 화려한 대청에서, 백만 금을 걸고 도박을 즐겼고 봄바람 부는 채색 누각에서 만 금을 주고 술을 사 마셨지. 그 때는 몰랐네, 무슨 멋이었는지를. 연희에서 음악을 잊고 취하여 꽃을 찾을 수 없

시절 낙양 길가에서 부인이 그에게 과일을 던져 주었다. 반악은 만족해 과일을 싣고 돌아왔다.

12) 宋玉(기원전 290?~223?), 초사 작가이다. 그는 일찍이 초 양회왕이 난대 등의 장소에 가서 노닐었다.

었던 것이.

帝城當日, 蘭堂夜燭, 百萬呼盧, 華閣春風, 十千沽酒. 未省、宴處能忘管弦, 醉裏不尋花柳.(「적가농笛家弄」)

황제가 있는 서울의 경치는 너무나도 아름답고, 그 때 그 젊은 시절에는, 아침저녁으로 즐겼었지. 또 괴짜 친구들과 술 마시고 노래를 할 적이면, 오래 버티기 경쟁도 했었지.

帝裏風光好, 當年少日, 暮宴朝歡. 況有狂朋怪侶, 遇當歌、對酒競留連. (「척씨戚氏」)

주연 자리에서 노래하고 춤추는 방황한 생활은 그가 세월을 낭비한 것으로 사람을 놀라게 한다. 유영은 장기간 서울에 머물르며 경제적으로 매우 어려운 문제에 봉착했다. 부모와 형들은 낮은 벼슬아치로 그에게 크게 후원해줄 수 없었다. 게다가 그의 방탕한 생활은 봉건사대부들이 용인할 수 없는 것이었다. 또한 이로 인하여 이 가정은 경제적인 원조가 단절되었다. 때문에 그러한 "백방으로 주막을 부르고"(百方呼盧), "수천냥에 술을 팔고"(十千沽酒), "천금으로 한 번 미소를 사고"(千金酬一笑) 등 사치하는 호방한 감정은 오래 유지되기 어려웠다. 그는 「고경배古傾杯」라는 작품에서 일찍이 "지난날 젊었을 때를 회상한다. 하루 하루 술잔 잡고 노래를 들었고, 금을 주고 웃음을 샀다. 이별한 이후에, 얼마나 시간을 흘러보냈나"(追思往昔年少, 繼日恁, 把酒聽歌, 量金買笑)라고 토로하였다. 후대에 와서 심지어 그가 "금을 주고 웃음을 샀다."(量金買笑)라는 구절에서 또한 쉽지 않았음을 추측할 수 있다. 송대 사람 섭몽득葉夢得은 다음과 같이 말했다.

유영의 자는 기경耆卿이고 과거시험을 준비하던 시절에 화류계의 골목에서 지내면서 가사를 잘 지었다. 교방의 악공들은 새로운 곡을 얻을 때마다 반드시 유영에게 와서 그 가사를 부탁하였는데, 그 노래가 세상에 전해지면서 일시에 명성을 날리게 되었다

柳永字耆卿, 爲擧子時多游狹邪, 善爲歌辭. 教坊樂工, 每得新腔, 必求永爲辭. 始行於世, 於是聲傳一時.13)

이것은 유영이 머물면서 연이어 교방곡을 지은 사실 정황을 기술한 것이다. 그는 왜 교방 악공을 위해서 가사를 지었을까? 교방은 조정의 속악을 담당하던 기관이다. 조정에서 연회를 베풀 때, 교방 예인들이 반드시 등장하여 각종 기예를 표현했다. 송 인종 때 항상 교방에서 새로운 곡을 만들고 곡보로 사를 만들어 연창하도록 준비했다.14) 때문에 유영은 그녀들을 위해 사의 악보를 요구했다. 『악장집』 중에 그러한 황실을 가송하는 노래나 아름답게 화장하고 꾸미는 작품들이 있는데 예를 들면 다음과 같다.

구름 보며 술잔 드러나니, 남산을 가리켜 그 같이 만수무강하고, 원컨대 높고 높은 보배로운 역수와 위대한 皇基, 하늘과 땅과 나란히 영원하여라.

瞻雲獻壽, 指南山, 等無疆. 愿巍巍、寶曆鴻基, 齊天地遙長.(「송정의送征衣」)

아름답게 단장한 용봉등 눈부시게 서로 하늘을 비추네. 가까운 눈앞 산같이 쌓아놓은 채색등불 아름다운 경치 대하시면 깃부채 부치시네. 내정악부량부內廷樂府兩部의 선녀같이 아름다운 무기舞妓들과, 이원사부梨园四部 관현악대가 합주하여 연주하네. 하늘이 밝아졌으나 도시 사람들 흩어지지 않네. 여러 사람들 기뻐 손뼉치며 뛰고 황제에 대하여, 높이 부르는 만세 소

---

13) 葉夢得, 『避暑錄話』 卷下.

14) 『宋史』 卷142 「樂志」 17.

리 수많은 거리와 골목으로 울려 퍼지네. 해마다 이 밤에, 제왕의 의장대 속에 황제의 수레 보기를 원하네.

龍鳳燭、交光星漢. 對咫尺鼇山開羽扇. 會樂府兩籍神仙, 梨園四部弦管. 向曉色、都人未散. 盈萬井、山呼鼇抃. 願歲歲, 天仗裏, 常瞻鳳輦(「경배락傾杯樂」)

단문에는 화살촉 맨 위병들이 조각한 난간에 가득 모이고, 육악 중에서 순임금의 대소를 먼저 연주한다. 학서 날아 내리고 계간 높이 오르니 천자의 은혜 온 누리에 고루 퍼진다.

端門羽衛簇雕闌, 六樂舜韶先舉. 鶴書飛下, 雞竿高聳, 恩霈均寰寓.(「어가행禦街行」)

이것은 모두 아사에 속한다. 당상과 황제를 써서 화려함이 풍부하여 분명히 조정의 연회 음악을 위해 쓴 것이다. 유영은 교방 악공들을 위해서도 저속한 사를 썼다. 때문에 어떤 때에는 궁정에서도 또한 매우 저속한 사를 즐겨 감상했다. 사의 악보를 통해서 작자는 교방의 경제적인 지원을 받았다. 그러나 유영이 대량으로 저속한 사를 썼지만 오히려 민간의 가기들을 위해 지은 것이다. 그녀들이 누각이나 기루에서 노래 부르는 것을 준비하거나 혹은 대중들이 노니는 예술장소에서 연창을 하는 것을 도왔다. 이러한 저속한 사는 통속적이라 이해하기 쉬웠고 더욱더 아름다워 듣기 좋았다. 많은 시민들이 매우 좋아하였다. 유영은 또한 이로 인하여 시민 군중들의 사랑을 받았고 기녀들의 환영을 받았다. 이어서 다음 두 수를 살펴보자.

봉황 베개 난새 휘장, 두 세 번 실었는데, 물고기 같기고 하고 물같기도 한데 서로 안다네. 좋은 날 좋은 풍경, 매우 가련하게 여겼고 많이 사랑했고, 뜻이 의지하는 바대로 다하지 않음 것이 없었다. 그대는 어이할까? 성

정을 맘대로 내버려두고, 특별히 다소 지나쳤다네. 일 없어 근심으로 고통스럽고, 수없이 되돌아 가봤지만, 어찌 이별을 참을 수 있으랴! / 하나 지금 점점 나아가니 점점 멀어지고, 점차 깨달았고 비록 후회하더라도 추억하기 어렵다네. 부질없이 이렇게 소식을 보내건만, 결국 무엇 하리오. 또한 헤아려 얽히고 설킨 옛정을 논하고, 반복해서 생각한들 무엇하리오. 설령 다시 만난다면, 다만 사랑하는 마음이 두렵고, 당시와 비슷해지기 어렵다네.

鳳枕鸞帷. 二三載, 如魚似水相知. 良天好景, 深憐多愛, 無非盡意依隨. 奈何伊. 恣性靈、忒煞些兒. 無事孜煎, 萬回千度, 怎忍分離. / 而今漸行漸遠, 漸覺雖悔難追. 漫寄消寄息, 終久奚爲. 也擬重論繾綣, 爭奈翻覆思維. 縱再會, 只恐恩情, 難似當時.(「청주마聽駐馬」)

신화속의 청익조가 정을 전달하고, 향기로운 지름길에서 정을 훔쳤다. 당초 신중하지 못했음을 자각했다. 함께 동침한 것을 아직 반성하지 않았고, 편하고 가볍게 서로 함께하고, 평생 기뻐 웃었다. 어찌 인생에서 좋은 일이 처음부터 적을까? 부질없이 후회하네. / 곰곰이 그리움을 추억해보니, 종전의 모습이 한스럽다네. 예쁨과 사랑을 얻으니 근심이 되었다. 마음속의 일, 천 가지를 심었고, 소식에 온통 기대었다. 이렇게 얽키어 끌려다니고, 그대가 오기를 기다렸다. 집에서 길을 향해, 함께 서로 만났고, 즐겁고 기쁘게 안부를 묻고, 또 다시 잊어버렸다네.

靑翼傳情, 香徑偸期, 自覺當初草草. 未省同衾枕, 便輕許相將, 平生歡笑. 怎生向、人間好事到頭少. 漫悔懊. / 細追思, 恨從前容易, 致得恩愛成煩惱. 心下事千種, 盡憑音耗. 以此縈牽, 等伊來、自家向道. 洎相見, 喜歡存問, 又還忘了.(「법곡제이法曲第二」)

두 가사는 모두 시정 남녀의 이별과 그리운 정을 썼다. 작품중에 민간 부녀간의 복잡하고 유연한 심리상태를 자세하게 묘사했다. 그녀들은 봉건예교의 구속을 받지않고 애정 생활의 열렬하고 적극적으로 갈구하는 모습을 반영하였다. 이로 인하여 당초의 대담하고 경솔함을 가져와 날이 갈수록 번뇌하고 불행하게 되었다. 그러나 그녀들은 이것을 결코 후회하지 않았다. …… 여기에서 표현한 것은 전통도덕관념에서 편벽된 시민 정취를 나타낸 것이다. 가사는 형식에서부터 내용까지 시민들이 쉽게 이해하고 감상할 수 있도록 했다. 유영은 또한 기녀의 미모와 재주를 잘 표현하였는데, 「낭도사령浪淘沙令」에서 다음과 같이 말했다.

> 사람들마다 조비연의 정신을 가지고 있네. 급하게 화려한 자리 위에서 옥패소리 울리고, 급박하던 박자가 끝남에 따라 붉은 소매 울린다. 급박하던 박자가 끝남에 따라 불궁 소매 거두는데, 바람에 흔들리는 버드나무 가지 같은 허리이다. / 나풀거리는 가벼운 치마, 매우 아름답고 아주 참신하다네. 곡이 끝나 홀로 서게 되자 화장한 얼굴이 주름지는데, 응당 서시의 아름다운 피곤함으로, 양미간을 찌푸리는 것이다.
>
> 有個人人. 飛燕精神. 急鏘環佩上華裀. 促拍盡隨紅袖擧, 風柳腰身. / 簌簌輕裙. 妙盡尖新. 由終獨立斂香塵. 應是西施嬌困也, 眉黛雙顰.

이 가기는 몸매가 매우 아름답고 음악의 리듬을 갖추고 있으며 춤을 잘 추었다. 목소리는 낭랑하고 새롭고, 허리띠에 찬 패옥과 노리개 장식은 금옥 소리가 나고, 가벼운 치마는 날리며 움직였다. 작자는 열정적으로 그녀의 미모와 재주를 차미했다. 마지막 구절에서는 그녀의 노래가 끝나고 춤이 끝나자 피곤하여 근심을 머금은 정감을 썼다. 그녀의 내심의 고뇌를 깊이 잘 드러내었다. 이러한 사에서 또한 기루와 주연자리에서 노래하기에 매우 적합했다. 그러나 당시에 어떤 가기가 유영의 칭찬을 들었다면 더욱더 영예와 행복을 느꼈을 것이다. 이로 인하여 소리의 가치가 자주 열배가 되기로 하였다. 송대 사람 나엽羅燁은 다음과 같이 말했다.

유영은 변경에 머물면서 쉬는 날에는 기관을 편력하였다. 이르는 곳마다 기생들은 그가 사로써 명성이 높고 궁조를 바꿀 수 있음을 좋아하였는데, 일단 그의 품평을 거치면 가치가 열 배로 뛰었다. 기생들은 대부분 그에게 금품과 물자를 주었다. 아쉽게도 그 사람이 출입하는 기거하는 곳이 일정치 않았다. 유영은 한 날 풍악루 앞을 경유했다. 이 누각은 성안에서 가장 번화한 곳으로 설법과 술을 팔고 무리지은 기녀들이 교대하였다. 갑자기 누각 위에서 "유칠관인柳七官人"을 부르는 소리를 들었다. 그곳을 우러러 쳐다보니 최고의 기녀 장사사張師師였다. 장사사는 엄격함을 요구하고 총명하고 민첩했고, 사와 곡을 짓는 것을 매우 좋아했다. 유영과 더불어 매우 친밀했다. 이에 유영이 누대에 오르자 장사사는 그를 질책하며 말하길 "언제 어디로 갈지 셈하건대, 어찌 종이 지나가겠는가? 그대가 비용을 지불하면 우리집에서 그대를 필요로 하니 맘대로 하겠다. 첩이 침실에 누움으로 인해 그대는 다 소진되었다. 금일 그대를 만나보게 된 것은 무슨 뜻일까. 나쁜 사람이 되지 않고 정을 버리고 또 사 한 수를 쓰고 떠나버렸다네."라고 했다. 유영이 말하길 "지나간 일은 그만 논합시다."라고 했다. 이내 장사사는 술집의 심부름 아이를 시켜 술을 가져오게 했고, 돈을 마련해서 필묵을 제공해 주었다.

耆卿居京華, 暇日遍游妓館. 所至, 妓者愛其有詞名, 能移宮換羽, 一經品題, 聲價十倍. 妓者多以金物資給之. 惜其爲人出入所寓不常. 耆卿一日經由豊樂樓前. 是樓在城中繁華之地, 說法賣酒, 群妓分番. 忽聞樓上有呼"柳七官人"之聲, 仰視之, 乃甲妓張師師. 師師要峭而聰敏, 酷喜塡詞和曲. 與柳密. 及柳登樓, 師師責之曰: "數時何往, 略不過奴行? 君之費用, 吾家恣君所需. 妾之臥房, 因君罄矣. 豈意今日得見君面, 不成惡人情去, 且爲塡一詞去" 柳曰: "往事休論" 師師乃令量酒, 具花箋, 供筆墨.15)

이 단락에서 유영은 단지 기녀들을 위해서 가사를 쓴 것 뿐만 아니라 기녀들의 미모와 재주가 명성과 성품을 평가하는 것으로, 품제를

15) 羅燁,『醉翁談錄 · 丙集』卷2.

거쳐서 나중에 더욱더 높은 몸값을 올렸다는 것을 알 수 있다. 이것으로 인하여 유영은 기녀들에게 경제적으로 도움을 주었다. 유영과 기녀들은 상당히 특수한 관계를 유지하고 있었다. 유영이 바로 누대에 와서 가사歌社, 서회書會, 행원行院 등의 민간 통속문예의 작가였다. 재인才人이 걸어 간 길로, 유영은 그들의 선행자였던 것이다.

송대의 민간 가기는 어릴 때 노래를 부르는 특수한 직업의 여자 예인이다. 그녀들은 기루에서 노래를 부르고 주연 자리에서 춤을 추었다. 차방과 주연 및 저자거리에서 노래를 부르며 재예를 팔난 것이 주가 되었다. 그리고 후세에 몸을 파는 것을 직업으로 삼는 기녀와는 구별이 있다. 기녀들의 사회적 지위는 빈천하여 그녀들의 신분은 창기娼妓이고 호적은 천민으로 되어 있다. 그러나 그녀들은 어렸을 때부터 가무를 배우고 총명하며 예뻤다. 어떤 경우에는 또한 시를 읊고 사를 지을 수도 있었다. 악기를 타고 글을 짓기도 하였다. 이러한 직업의 관계로 말미암아 기녀들과 사인들은 비교적 친밀해졌고 때때로 우정과 애정을 나누기도 했다. 유영은 기녀들을 천민으로 대하지 않았고 존중하며 동정하였다. 그녀들을 위해서 새로운 사를 지어 그녀들이 노래를 부르며 연습하게 했다. 때문에 그녀들의 우정과 사랑을 얻었다. 이에 대하여 유영은 일찍이 이렇게 서술하였다.

> 경성은 확트이고 한산하고, 수많은 수레에 술을 싣고 화류계와 얽혀있네. 서울의 큰 길에서 맘껏 노닐었다. 좋은 경치 마주한 진귀한 연회자리에서 기쁘다네. 미인은 스스로 풍유가 있다네. 아름다운 술잔을 권하고, 여인의 붉은 입술이 열렸네. 노래를 하니 맑고 그윽하다. 재예가 높고 이를 방치하고, 별도로 농염한 가희가 머물러 있다.
>
> 帝裡疏散, 數載酒縈花系, 九陌狂游. 良景對珍筵惱, 佳人自有風流. 勸瓊甌. 絳唇啓、歌發淸幽.被擧措、藝足才高, 在處別得艷姬留.(「여어수如魚水」)

『악장집』에서 볼 수 있는데, 유영이 좋게 지냈던 가기로는 수향秀香, 영영英英, 요경瑤卿, 충충蟲蟲, 심랑心娘, 가랑佳娘, 수랑酥娘 등이었다. 사인은 일찍이 그녀들의 형상을 각각 나누어 묘사하고, 그녀들의 마음속 세계를 표현했다. 수향은 특별히 아름답고 높은 예술 조예를 가지고 있었다.

수향의 집은 복숭아꽃이 가득 심어져 있는 길가인데, 신선만이 그녀와 비교할 수 있네. 맑은 눈동자 마치 푸른 물결 마름질 한 듯하고, 흰목은 마치 부드럽고 둥근 옥으로 주물러 만든 듯하네. 주연 앞에서 여러 사람들에게 자기의 목청 뽐내기를 좋아하는데, 노랫소리가 막네 하늘가의, 어지러운 구름이 시름에 잠기게 하는 것을, 말은 마치 부드러운 꾀꼬리의 노래 소리 같아, 한소리 한소리마다 감동을 주네.

秀香住桃花徑. 算神仙、才堪並.層波細翦明眸, 膩玉圓搓素頸. 愛把歌喉當筵逞. 遏天邊, 亂雲愁凝. 言語似嬌鶯, 一聲聲堪聽.(「주야악晝夜樂」)

앵앵은 몸매가 날씬하고 볼륨감이 있으며 풍류는 아름답고 농염했다. 무용하는 자태가 특히 아름다웠다. 아름답고 묘치있는 춤 허리와 사지가 부드러우니, 장대로의 버들이고 소양전의 제비같다. 비단 옷에 관을 쓰고 수레 타는 사람들, 화려한 대청에서 연회를 베풀 적에, 곳곳에서 천금을 가지고 다투어 뽑는다. 향기로운 섬돌 돌아보니 관현이 갓 어울리고, 가벼운 바람에 나서니 패물로 찬 옥고리 가볍게 떨린다. / 갑자기 「예상우의곡霓裳羽衣曲」의 빠른 곡조로 들어가자, 아름다움을 맘껏 드러내고 점점 박자판도 빨라지네. 천천히 아름다운 소매 드리우고, 연꽃 걸음 급하게 옮기며, 나아가고 물러나고 기묘한 모습 천 가지로 변한다. 생각하건대 어찌 나라를 기울게하고 성을 기울게 하는 미인에 그치겠는가, 잠깐 눈길 돌리니 만인의 애간장이 끊어지네.

英英妙舞腰肢軟. 章台柳、昭陽燕. 錦衣冠蓋, 綺堂筵會, 是處千金爭選. 顧香砌、絲管初調, 倚輕風、佩環微顫. / 乍入霓裳促遍. 逞盈盈、漸催檀板.

慢垂霞袖，急趨蓮步，進退奇容千變．算何止、傾國傾城，暫回眸、萬人斷腸.(「유요경柳腰輕」)

요경은 더욱 우아하고 재주가 있었다. 노래와 춤을 잘 할 뿐만 아니라 게다가 시와 사, 서예로 이름이 나 있었다.

아름다운 요경은 글 솜씨가 뛰어났는데, 천리 밖에서 한통의 긴 편지를 짧은 시를 부쳐왔네. 생각이 떠오르니 막 편지가 접어 바로 붉은 창 옆에서 푸른 붓 휘둘러 글씨 쓰자, 점점 편지지엔 옥 젓가락은 갈고리 같은 수려한 글씨가 가득하다.

有美瑤卿能染翰．千裏寄、小詩長簡．想初襞苔箋，旋揮翠管紅窗畔．漸玉箸、銀鉤滿.(「봉함배鳳銜杯」)

충충蟲蟲은 즉 충낭蟲娘을 말한다. 그녀는 온유하고 다정하고 춤추는 자태는 풍류가 있었고 노래 소리는 원만하고 구성졌다. 유영과의 관계는 가장 친밀했다.

작은 누각 깊은 골목을 마음대로 이리저리 다니다가, 도처에는 모두 다 화려하게 옷을 입은 미인들이네. 그 중에서 사랑할 만한 여인은 으뜸으로 충충 아가씨네. 충충의 우아한 자태 설사 화공이라도 그려내기 어렵다네. 아름다운 용모는 어떤 꽃도 비할 수가 없다네. 몇 번 동참하였는데, 원앙새 수놓은 이불은 따뜻하고 봉황새 수놓은 베개는 향내가 진동하네. 인간세상과 천상 사이에서 오직 두 사람 마음이 같은 한 쌍이라네.

小樓深巷狂遊遍，羅綺成叢．就中堪人屬意，最是蟲蟲．有畫難描雅態，無花可比芳容．幾回飲散良宵永，鴛衾暖、鳳枕香濃．算得人間天上，惟有兩心同.(「집현빈集賢賓」)

민간 통속문예 창작의 길은 아주 고통스러운 것이다. 안수, 구양수 歐陽脩(1007-1072) 관직에 오른 귀족작가처럼 넉넉하고 여유있는 글쓰는 조건을 갖춘 이들이 없었고, 또한 그러한 한가한 정취와 표일한 정취가 없었다. 왜냐하면 그들은 교방 악공과 민간 가기들을 위해서 연출하고 사를 지었기 때문이다. 이것은 바로 반드시 예술표현의 효과에서 출발하여 창작의 문제를 고려해야 할 뿐만 아니라 동분서주해야만 했기 때문이다. 이를테면 유영이 나중에 추억하고 기억하는 그것은 "이름도 없고 관직도 없을 적에는, 아름다운 경치와 기생집에서, 하염없이 세월을 보냈는데"(未名未祿, 綺陌紅樓, 往往經歲遷延)(「척씨戚氏」)라고 했다. 때문에 유영은 "끊어진 가시나무, 횡리 바람에 휘날리는 부평초"(斷梗飄萍) 처럼 교방곡을 돌아다니며 노닐었고, 심지어 이리저리 떠돌아다니며 생애를 보냈다.

유영은 진사 합격 이전에 서울을 유랑하였다. "황제에게 사를 받들"(奉旨塡詞) 때 역시 강남을 방탕하게 노닌 적이 있었다.[16] 『악장집』 중에는 유영이 강남에서 유랑생활을 반영한 작품들이 많이 있다. 그 행적이 남긴 것을 추적하여 실마리를 찾을 수 있다. 이러한 작품에 표현된 생활 정취와 그가 벼슬길에 나아간 후 벼슬에서 노닐던 정과 모습이 선명하게 구별된다. 사인이 도시를 떠나 강남을 떠돌아다니며 노닐 때 지은 「인가행引駕行」 작품을 살펴본다.

가랑비 그쳐 무지개 뜨고, 매미 울어대는 시든 버드나무 긴 둑 저물어가

---

16) 王季思 선생은 50년대 발표한 「怎樣評價柳永的詞」에서 이미 이 점을 주의했다. 왕선생이 말하길 유영은 스스로 '奉旨塡詞柳三變'라고 칭했는데, 변경, 항주, 소주 등지를 떠돌아다니며 유랑생활을 했다고 말했다.(『玉輪軒古典文學評論集』36쪽, 1982년 中華書局版.)

네. 도문을 뒤로하니 쓸쓸한 마음이 일어나고, 서풍에 돛단배 가볍게 떠간다. 슬픈 눈으로 바라보니, 익조가 그려진 배는 나는 듯이 떠가고, 악어 북소리 은은하게 울리며 앞의 포구를 지나가네. 어찌 돌아보리! 가인은 점점 멀어져가고, 높은 성을 생각하는데 안개와 나무가 길을 막네. / 몇 번이던가, 진루에서 긴긴 대낮부터, 규각에 날이 저물어 밤이 되는 내내 진기한 만남 가진 것이, 생각컨대 천금의 미소를 선물하면, 백곡의 노래로 응수하던 것을, 모두 가벼이 저버렸네. 남쪽을 바라보며 오와 월을 생각하건만, 바람 안개 쓸쓸한 어디에 있는 것인가. 혼자 수많은 산과 물을 건너서, 멀리 하늘가를 향해 가네.

虹收殘雨. 蟬嘶敗柳長堤暮. 背都門、動消黯, 西風片帆輕擧. 愁睹. 泛畫鷁翩翩, 亹隱隱下前浦.忍回首、佳人漸遠, 想高城、隔煙樹. / 幾許. 秦樓永晝, 謝閣連宵奇遇. 算贈笑千金, 酬歌百琲, 盡成輕負. 南顧. 念吳邦越國, 風煙蕭索在何處. 獨自個、千山萬水, 指天涯去.

여기서 알 수 있듯이 유영은 서울을 떠났을 때 심정은 암담했고 시절은 바야흐로 초가을이었다. 갈수록 슬프고 처량함이 더하였다. 서울에서 기녀들과 교류하면서 느꼈던 온갖 감정이 일어났고 부끄러움과 내면의 응어리와 수심이 있었다. 당대 두목杜牧과 마찬가지로 "화류가의 박정한 사내라는 이름만 얻어"(贏得青樓薄幸名) 라고 했다. 바람 불고 향기나는 강남을 바라보며 차마 암울하지 않을 수 없었고, 어쩔 수 없이 외톨이가 되어 하늘가를 향해 걷고 있었다. 나중에 유영은 강남에서 방황하며 떠돌아다니던 생활을 다음과 같이 읊었다.

동풍 부는데 우두커니 서서, 남방에서 혼이 끊어졌다. 꽃의 광채는 아름답고, 봄에 선궁의 누대에서 취했다. 달빛은 멀고, 야밤에 향기나는 길가에서 노닐었지. 당시를 생각해보면, 술자리에서 기녀를 사랑하여 미혹되었다. 주색에 빠져 사객은 사 짓는 것을 망쳤다네.

佇立東風, 斷魂南國. 花光媚、春醉瓊樓, 蟾彩迥、夜遊香陌. 憶當時、酒

戀花迷，役損詞客.(「양동심兩同心」)

오월吳越의 산수일지라도 마치 채색한 병풍같아 놀이 할 만 하네. 어찌 할 수 없어 나홀로라 눈 들어 감상할 기분이 나지 않네.

任越水吳山，似屏如障堪遊玩. 奈獨自、慵抬眼. 賞煙花，聽弦管.(「봉함배鳳銜杯」)

이번에 질펀하게 노닐며 그는 동경에 머물면서 교방곡과 연결되어 황제에게 좋은 사를 받드는 상황과 마찬가지였다. 비록 작가는 자기 스스로 차갑고 고통스럽다고 말하지 않았지만, "사객이 사 짓는 것을 망쳤다네"(役損詞客), "유독 스스로 게을러 눈을 치켜 올리니 어찌할꼬"(奈獨自慵抬眼) 등의 정경에서 보면 그의 처지는 뜻대로 되지 않았음을 알 수 있다.

「윤대자輪臺子」의 성취는 이 시기 기려행역羈旅行役의 고난을 쓴 것이다.

한 번 베개머리에서 맑은 밤에 좋은 꿈을 꾸고, 가히 이불을 아쉬워하네. 이웃집 닭이 울어서 잠을 깨우네, 갑자기 말에 올라타서 채찍질하고 길에 올랐다. 두 눈에 맑은 아지랑이와 쇠잔한 풀이 가득하네, 앞으로 말을 몰고 바람 부니 말위의 장식물 소리가 나고, 서리 내린 숲을 지나니. 점점 서식지의 새가 놀라는 것을 느끼네. 무릅쓰고 나아가니 인간세상은 멀어지고, 예로부터 장안 길은 처량했다네. 멈추지 않고 나아가 외로운 촌마을을 지나갔다. 초나라 하늘은 광활하고, 멀리 바라보는 가운데 아직 새벽동이 트지 않았다. / 힘겹던 생을 생각하면, 꽃다운 나이에서 장년이 되기까지, 이별은 많고 기쁨은 적었다. 끊어진 줄기는 멈추기 어려운데, 저녁 구름은 점점 묘연해짐을 탄식한다. 단지 슬퍼하며 영혼은 소멸해가고, 애타는 마음 누구에게 기대어 나타낼 수 있을는지. 이렇게 힘들게 내몰 듯이, 언제 이러한 생활이 끝날까. 어찌 또 비슷한가. 도리어 다시 번화했던 서울로 돌아오고, 다시 천금으로 웃음을 산다네.

一枕淸宵好夢, 可惜被、鄰雞喚覺. 匆匆策馬登途, 滿目淡煙衰草. 前驅風觸鳴珂, 過霜林、漸覺驚棲鳥. 冒徵塵遠況, 自古淒涼長安道. 行行又歷孤村, 楚天闊、望中未曉. / 念勞生, 惜芳年壯歲, 離多歡少. 嘆斷梗難停, 暮雲漸杳. 但黯黯魂消, 寸腸憑誰表. 恁驅驅、何時是了. 又爭似、卻返瑤京, 重買千金笑.

사인은 바야흐로 "꽃다운 나이에서 장년이 되기까지"(芳年壯歲)이고, 불행히 오히려 "끊어진 줄기는 멈추기 어려운데"(斷梗難停) 라며 강남으로 유랑하였다. 그는 실망하고 상실감과 아무도 자신을 이해해주지 못하는 내심의 고통을 겪었다. 강소, 절강, 호북 등지는 중요한 도시로 유영은 이 시기에 일찍이 이곳을 지나간 적이 있었다. "초나라 하늘의 저녁, 차가운 단풍잎 떨어졌고, 듬성한 붉은잎 흩어져 어지럽다. 무릅쓰고 속세에 필마를 몰고 가니, 물은 멀고 산도 멀어 근심만 보였다네."(楚天晚. 墜冷楓敗葉, 疏紅零亂. 冒征塵、匹馬驅驅, 愁見水遙山遠.)(「양대로陽臺路」)라고 되어 있다. 이것은 호양湖襄 길가로 내달리고 있었다. "동남 지방의 명승이고, 강호 지역의 도회지인, 전당은 옛날부터 번화하였다."(東南形勝, 三吳都會, 錢塘自古繁華.)(「망해조望海潮」) 이것은 항주에서 간알할 때 지은 작품이다. "양주는 일찍이 놀이하던 명승지, 주점 꽃길 그대로이네. 달밤에 퉁소소리 옛 그대로 들리네"(揚州曾是追遊地, 酒台花徑仍存. 鳳簫依舊月中聞)(「임강선臨江仙」) 이것은 이십사교에 풍월이 있는 양주를 쓴 것이다. "옛날 번화했던 무성한 동산은 이 당시 제왕의 주였다네. 인물을 읊으니 선명하고, 땅과 바람은 부드럽고 매끄럽다네."(古繁華茂苑, 是當日、帝王州. 詠人物鮮明, 土風細膩, 曾美詩流)(「목란화만木蘭花慢」) 이것은 육조의 금분의 당인 금릉金陵(지금 강소성 남경시)을 칭찬하며 찬미한 것이다. 오랫동안 맘껏 노닐었던 곳이다. 유영은 심신이 피로함을 느끼고 눈으로 청년시절이 마치 물이 흘러가듯이 가버린 것을 보았다. 비록 "풍류의 일을, 평생 폈다네."(風流事, 平生暢) 라고 했지만, 오히려 모든 일을 이룬 것이 없었고 양귀밑머리는 이미 허옇게 되었다. 이러한 상황에서 사인은 또 오랫동안 서울에 대한 그리움과 회상에 젖어들었다.

유영이 이번에 서울로 돌아온 것은, 대략 송 인종仁宗 명도원년明道元年(1032년)으로, 돌아온 목적은 다음해 예부 과거시험에 응시하기 위해서였다. 사인은 이 때 이미 마흔다섯살이었다. 점점 청년시대의 광방하고 호방함은 상실했다. 동경은 수년전에 비하여 더욱더 번화하였다. 사인의 눈으로 보면 곳곳마다 "눈에 보이니 마음 아프고, 모든 것이 옛날을 추억하게 한다"(觸目傷懷, 盡成感舊)(「적가농笛家弄」)라고 했다. 몇 수의 사에서 반복적으로 이러한 정감을 썼는데, 이를테면 「만조환滿朝歡」 사에서 말하길

꽃은 구리 누각 사이에 있고, 이슬은 쇠 바닥에서 마르고, 도문 열두 곳 날이 새니, 황성의 풍광 난만하나. 유독 늦봄을 좋아하네. 안개 가볍고 낮은 긴데, 꾀꼬리 들어와 상림원에서 지저귀고, 물고기는 황제의 연못에서 노닌다. 거리에 잠깐 비 개이자, 향기로운 먼지 배어드는, 수양버들과 향긋한 풀. / 인하여 생각나네. 진루의 채색 봉황과, 초관의 조운이, 지난날 노래와 웃음에 미혹되었지. 헤어진 지 여러 해 지났건만, 이따금 사랑의 맹세 다시 기억나네. 복숭아꽃같은 얼굴, 알 수 없네 어디에 있는지. 다만 붉은 문 닫고 쓸쓸하게 있으리라. 종일토록 말없이 우두커니 서 있으니, 처량한 회포만 가득해지네.

花隔銅壺, 露晞金掌, 都門十二清曉. 帝裏風光爛漫, 偏愛春杪. 煙輕晝永, 引鶯囀上林, 魚遊靈沼. 巷陌乍晴, 香塵染惹, 垂楊芳草. / 因念秦樓彩鳳, 楚觀朝雲, 往昔曾迷歌笑. 別來歲久, 偶憶盟重到. 人面桃花, 未知何處, 但掩朱扉悄悄. 盡日佇立無言, 贏得淒涼懷抱.

유영은 오래된 사랑의 정회를 가지고 방곡坊曲에 이르렀다. 그곳은 이미 상전벽해桑田碧海로 변해있었다. 사물은 옳고 사람이 틀렸다. 사인은 "사람의 얼굴 복숭아꽃 같은 것, 어디에 있는지 모르지만, 복숭아꽃은 여전한데 봄바람이 미소짓네"(人面桃花未知何处, 桃花依舊笑春風) 라고 했다. 봄바람의 감개를 가지고 있었지만, 단지 감개일 뿐이었다. 다년간 생활의 중압감과 지난날 명성이 낭자했던 교훈이 그로 하여금 더 이상 "집에 이르러 추방되고"(臨軒放榜) 배척당하고 나락으로 떨어지게 하였다. 단지 지난날 낭만적인 생활로 사를 짓는 것을 고쳐 응당 봉건통치계급의 요구에 부합되는 사를 짓게 되었다. 그리하여 유영은 또 다시 과거시험장으로 들어가 자신의 명운을 시험했다.

근세 사학가 하경관夏敬觀 선생은 다음과 같이 말했다.

> 유영사는 응당 아사와 속사 두가지 종류로 나눠야 한다. 아사는 육조 짧은 문장이나 부를 사용해서 지었고, 층층이 포서 수법으로 정경교융하여 처음부터 끝까지 쓰여졌다. 시종 느슨하지 않았다. 속사는 오대의 음란에 치우친 풍기를 답습하였고, 금원 곡학의 선성을 열었다. 골목에서 흘러나오는 가요와 비교해보면 역시 스스로 한 풍격을 이루었다.
>
> 耆卿詞當分雅、俚二類. 雅詞用六朝小文賦作法, 層層鋪敍情景交融, 一筆到底, 始終不懈. 俚詞襲五代淫詖之風氣, 開金元曲學之先聲, 比於里巷歌謠, 亦復自成一格.17)

'리俚'는 '아雅'의 반대말로 천하고 속되다는 뜻이다. 우리들이 『악장집』을 읽으면 아사와 속사 두 가지 큰 부류의 작품이 있다는 것을 쉽게 발견하게 된다. 그는 또한 교방 악공을 위해서 태평성대를 노래하

---

17) 夏敬觀, 『手評樂章集』. 龍榆生의 『唐宋名家詞選』 제89쪽, 中華書局, 1962년.

고 현실을 장식하며 교방에 노래를 부르도록 제공하는 사를 썼다.또한 권세있는 귀족이나 군인 장수에게 배알하기 위해서 아부하는 사를 짓기도 하였다. 또한 일부는 산에 올라가 옛일을 회고하는 작품 등도 있다. 그들을 모두 전통적인 아사에 속한다. 그러나 이 시기 유영이 가장 많이 쓰고 최고의 성공을 거둔 것은 역시나 민간 가기들이 노래 부르는 속한 사였다. 그것의 연원은 실제로 당대 이래 민간의 속사였다.

돈황곡자사는 1899년 중국 감소성 돈황현 명사산鳴沙山 석굴에서 발견된 돈황 고적의 한부분이다. 그것은 당대에 연악燕樂에 배합된 가창의 일종인 새로운 문학 형식이다. 돈황곡자사는 당대 서북 민간에서 유행했고, 작가는 기본적으로 사회 하층민간이었다. 그것은 농후한 민간문예의 특색을 가지고 있었다. 질박하고 통속적이고 형상과 정취가 풍부하다. 예를 들면 다음과 같다.

> 주옥같은 눈물은 마치 진주 구슬같다네. 집어도 흩어지지 않고, 붉은 실에 응당 백 만 개의 구슬을 꿴 것을 어찌 알랴
>
> 淚珠若得似珍珠, 拈不散, 知何限, 串向紅絲應百萬.(「천선자天仙子」)

> 주옥같은 눈물 분분히 흩어져 비단옷을 적시고, 젊은 시절 공자는 은혜를 저버림이 많았다네. 당초 아가씨는 분명히 말했다네. “그대에게 진심을 주지 말하고”
>
> 珠淚紛紛濕綺羅, 少年公子負恩多. 當初姐姐分明道: “莫把眞心過與他.”(「포구락拋球樂」)

> 어디로 떠날지 모르는 것이 참을 수 없고, 사람으로 하여금 몇 번이나 비단 치마를 걸게 했나. 돌아올 때를 기다려 함께 쉬자고 말했고, 정은 더욱 상했다네. 단장한 누각에 반려 소낭은 오히려 연락이 끊어졌네.

叵耐不知何處去, 教人幾度掛羅裳. 待得歸來休共語, 情轉傷. 斷卻妝樓伴小娘.(「유청낭柳青娘」)

당초에 회랑을 향하여 떠나갔다. 청순하고 예쁜 용모를 유지하기 어렵다. 치고 싸우면서 사귄 것이 한스럽고, 일찍 돌아오지 못했고, 첩에게 …… 하게 하여, 마음이 괴롭다.)

當初去, 向郎道. 莫保青娥花容兒. 恨揑交, 不歸早. 教妾□, 在煩惱.(「어가자魚歌子」)

중당 이후 중국문학에서 비록 문인사의 발전이 일어나기는 했지만 민간의 속사도 여전히 유행하고 있었다. 유영은 청년 시절에 좋아했던 「미봉벽眉峰碧」은 송대 민간 유행의 속사에 속했다. 그는 이 민간사에서 "사 짓는 장법을 깨달았다"(悟作詞章法)로 출발하여 후대에 또 말하길 "나는 사를 짓는데 있어 그런 사법에서는 그래도 꽤 여러모로 변화했다."(某於此亦頗變化多方也)[18]라고 했다. 여기서 알 수 있듯이 유영의 속사 연원은 민간사이고, 또 발전 변화가 더해져서 자신만의 독특한 예술풍격을 형성하였다.

유영의 속사와 오대의 화간사 사인과 동시대의 안수晏殊(991-1055), 장선張先(990-1078) 등의 사인들의 작품을 비교해보면 분명한 차이가 있다. 유영은 선택하여 사용한 사조는 대다수는 당시 민간에서 유행하는 신곡조로 예를 들면 「유요경柳腰輕」, 「수은심受恩深」, 「유초신柳初新」, 「내가교內家嬌」, 「주마청駐馬聽」, 「억제경憶帝京」 등이었다. 그것은 전통사인이 자주 사용하던 사조가 아니었고, 후대 사인들도 이러한 사조들을 자주 사용하지 않았다. 그러나 당시에는 오히려 민중들의 깊은 애호

18) 『詞林紀事』 권18에서 楊湜의 『古今詞話』를 인용함.

를 받았다. 이러한 사조에서 사용한 언어는 보통 문인들의 아사와는 다르고, 내용에서 논한다면 비록 문인 아사 또한 남녀 간의 애정, 이별정서 등을 썼지만 유영은 오히려 여전히 그것과 차이가 있었다. 유영은 붓끝으로 남녀 애정과 이별 정서는 민간의 가기, 하층 부녀, 혹은 시장의 평민들, 떠돌아다니는 탕자들의 자제를 그렸다. 이로 인하여 그의 속사는 시종 민간의 정서와 시민의 정취가 보존되어 있었다. 심지어 어떠한 소시민의 저속한 정취가 있기도 하였다. 예를 들면 다음과 같다.

바라건대 총명하고 고운 심성을 지닌 그대, 베갯머리에서 말하니, 나의 깊은 애정을 받아주시기를
願奶奶、蘭人蕙性, 枕前言下, 表餘深意.(「옥녀요선패玉女搖仙佩」)

아직 남자 사랑하는 법을 몰라 늘 밤이 깊도록 원앙금침에 들지 못했다.
未會先憐佳婿. 長是夜深, 不肯便入鴛被.(「투백화鬥百花」)

비단 휘장 안에, 낮은 목소리와 농염함에 치우쳤는데, 은 촛불 아래서 자세히 보니 모두 갖추어 좋구나!
錦帳裏、低語偏濃, 銀燭下、細看俱好(「양동심兩同心」)

왜냐하면 속사는 민간에서 노래 부르는데 적합하였기 때문이다. 그것은 바로 부득불 민간문예의 통속성을 가지고 있었을 뿐 아니라 오락성과 시민 정취의 특징을 가지고 있었다.

북송의 동경은 봉건적인 소비도시이다. 인구가 많은 도시 가운데 인구의 계급구조는 주로 상층의 봉건통치계급과 하층의 주민이었다. 하층 주민의 대다수는 각종 노동에 종사하는 피압박 백성들이었다.

그들은 관영수공업의 노동자, 사영 수공업에서 일하는 저자의 노동자, 개인 자영 수공업자, 선박공, 소상공인 소매업자와 각종 서비스업을 하는 가계의 주인들이었다. 그밖에 또한 의사, 관상가, 유민, 예술인 등이 있었다. 이러한 하층민들은 비록 각양각색이었지만 그들이 가진 사상적인 의식은 기본적으로 봉건 소자본계급의 시민계층에 속했다. 폭넓은 시민계층의 흥기가 일어나자 자연스럽게 시민들이 요구하는데 알맞은 각종 민간문학 예술이 출현하게 되었다. 경와기예京瓦伎藝중 설서說書, 소창小唱, 표창嘌唱, 잡극雜劇, 목우희木偶戲, 잡기雜技, 산악散樂, 영희影戲, 제궁조諸宮調, 설창說唱 등이다.[19] 이것은 바로 시민들의 유희 예술 장소인 시장에서 연출된 것이다. 유영 전기의 생활은 주로 동경에서 건너온 것이다. 그는 질펀하게 노닐던 강남 도시 모습 또한 동경과 서로 비슷했다. 다만 서울의 그러한 번화하고 부귀함은 이에 미치지 못했다. 그는 과거시험 낙방으로 인해서 통치계급의 대오에 들어가지 못하고, 하층민을 위해 사를 썼다. 봉건사대부의 전통 통치 관념에서 보면 이것은 본디 매우 큰 불행이다. 그러나 오히려 유영은 송대 저명한 사인이 되었고, 예술상의 성공을 이루게 되었다. 유영의 전기 창작은 전체 창작과정 중에서 매우 특별하고 중요한 의의가 있다. 그 창작의 기본적인 예술풍모를 결정하였고, 사인이 후기에 노력해서 그의 생활과 사작 풍격이 아사로 짓게 변화하였다. 전기에 남아있는 영향을 모두 지우고 제거하였다. 사람들의 인상중에 유영은 영원히 다재다능한 예술인, 풍류를 지닌 사람, 시민 군중들이 좋아하던 사인이 되었다.

---

19) 孟元老,『東京夢華錄』卷5.

제3장

유영의 후기생활과 창작

유영은 오랫동안 과거로 인하여 힘들고 고통스럽게 지내다가 마침내 과거에 합격하여 진사가 되고 봉건사회 선비가 되어 오매불망 꿈을 이루는 가장 큰 바람을 실현하였다. 그의 「유초신柳初新」사에서 바로 과거급제 후 달리는 말에 꽃을 꽂는 영화의 감회를 다음과 같이 썼다.

> 동쪽 교외 새벽녘 되어가자 북두성 자루 처졌다. 황제 고장에 봄이 왔다고 알리는 거라, 버들은 안개낀 눈 쳐들고, 꽃은 이슬내린 얼굴 다듬어, 점점 고개는 푸르고 교태로운 붉은 얼굴은 곱다, 고층의 누대와 꽃다운 정자 단장함을, 신묘한 솜씨를 써서 단청은 가격을 매길 수 없다네. / 이와는 따로 요임금의 층계에서 시험이 끝나, 새 낭군들 줄 이룬 것 그림 같네. 살구꽃 동산 바람 보드랍고, 복숭아꽃 물결 따뜻한데, 다투어 깃 돋고 비늘 생긴 것 기뻐들 한다. 모든 길에서 두루 서로 이끌고 즐겁게 논다. 향기로운 먼지 날리며 달리는 보옥 안장의 우쭐거리는 말
>
> 東郊向曉星杓亞. 報帝裡、春來也. 柳抬煙眼, 花匀露臉, 漸覞綠嬌紅. 妝點層台芳榭. 運神功、丹青無價. / 別有堯階試罷. 新郎君、成行如畫. 杏園風細, 桃花浪暖, 競喜羽遷鱗化. 遍九陌、相將遊冶. 驟香塵、寶鞍驕馬.

청대 사람 송상봉宋翔鳳이 말하길 "유영은 인종조에 과거에 낙방하였는데, 급제하였을 때는 이미 늙었다"(耆卿蹉跎於仁宗朝, 及第已老)[1]라고 했다. 유영이 과거에 급제하던 시기에 대하여 송인의 기록은 불일치한다. 왕벽지王辟之는 경우말景祐末[2]이라고 했다. 섭몽득葉夢得은 "경우중엽에 유영은 목주 추관이 되었다"(景祐中, 柳三變爲睦州推官)[3]고 했다. 또 그는 "과거시험 진사에 급제하고, 목주를 관리하게 되었다"(擧進士登科, 爲睦州掾)[4]고 했다. 여기서 알 수 있듯이 유영이 과거 급제 시기는 경우중엽임을 알 수 있다. 오증吳曾은 일찍이 분명히 밝히길 "경우원년 바야흐로 과거시험에 급제했다."(景祐元年方及第)[5]라고 했다. 청대 『사고전서총목四庫全書總目』와 『송시기사宋詩紀事』의 편자는 유영이 과거급제 시기는 모두 경우 원년景祐元年이라는 설을 주장하였다.[6] 근래 당규장 선생은 고증을 거쳐서 유영의 과거급제 시기는 경우 원년이고 확실히 오증의 말이 믿을 수 있다고 하였다.[7]

송 인종 경우 원년(1034) "남쪽 성에서 여러과에 시험을 쳐서 진사가 된 사람은 열에 두 명"(南省就試進士諸科, 十取其二.)[8]이라고 했다. 이 해 기

---

1) 宋翔鳳, 『樂府餘論』.

2) 王辟之, 『澠水談錄』 卷8.

3) 葉夢得, 『石林燕語』 卷6.

4) 葉夢得, 『避暑錄話』 卷下.

5) 吳曾, 『能改齋漫錄』 卷16.

6) 『四庫全書總目』 권198 『樂章集提要』, 勵顎의 『宋詩紀事』 권13 『柳永小傳』.

7) 당규장의 『柳永事迹新證』, 『文學硏究』 1957년 제3기에 보임. 내가 보기에 『嘉靖建寧府志』 권15에 "景祐元年甲辰張唐卿榜"라고 되어 있다. 나열된 진사에는 "柳三變"이 있다. 아울러 주를 붙여 설명하길 "字耆卿, 一名永, 工部侍郎宜之子"라고 되어있다. 근래 詹亞元 선생은 남송후기 謝維新이 펴낸 『古今合璧事類』에 "范蜀公(鎭)少與柳耆卿同年"이고 유영이 과거급제했던 시기는 寶元元年(1038년)이다. 『柳三二題』, 『文學遺産季刊』 1984년 제2기에 보임. 지금 여러 기타 송대 사람의 기록에 의하면 이 설은 믿을 수 없다.

록에 보면 "진사에 합격한 사람이 499명이고, 제과諸科는 481명이다."[9] 라고 했다. 유영은 이 해 진사에 합격했다. 그의 나이는 48세였고, "급제했는데 이미 늙었다."(及第已老)라고 했다. 유영의 둘째형인 유삼접柳三接 또한 같은 해 과거에 급제하였는데 형제 두 사람은 같은 명단에 있었다.[10]

송대 사대부는 과거시험에 합격하면 진사가 되고 벼슬길에 들어가는 이정표가 되었다. 게다가 오래지 않아도 귀함이 드러나게 된다. 당대 진사급제 후에는 여전히 엄격한 사부 고시를 거쳐야만 비로소 관직을 받을 수 있었다. 어떤 때에는 십년 혹은 이십년이 되어도 관직을 받지 못하는 경우도 있었다. 송대 진사 급제자는 바로 성적에 따라 관직을 수여받았다. 때문에 유영은 급제 후에 목주단련사 추관의 관직을 받아 벼슬길에 올랐다.

목주睦州는 절서浙西에 있고 관부는 건덕建德(지금의 강소성 건덕현建德縣)을 다스렸고, 할당된 구역 경계는 지금의 절강성 건덕建德·동려桐廬·순안淳安 세 개의 현이었다. 추관은 좌리부佐理府를 맡은 막직관으로 공문서를 관리하는 일을 담당했다. 유영은 관직에 오른 후 이전의 생활방식과 변했다. 열심히 직무를 맡아 하였고 사무를 처리하는 재간도 뛰어났다. 지주知州 여울呂蔚의 눈에 들기도 했다. 관직에 오른지 한 달여 남짓 무렵 조정에서 파격적으로 추천되어 여울呂蔚의 관직을 부여받았다. 당시의 제도는 후대의 제도처럼 그렇게 엄격하지 않았다. 물론 막직관과 현령 등은 재임 삼년 동안 성적에 상관없이 유력자의 추

8) 彭百川, 『太平治迹統類』 卷28.
9) 馬端監, 『文獻通考』 卷32 『宋登科記總目』.
10) 彭百川, 『太平治迹統類』 卷28.

천이 있으면 자격이 되었다. 때문에 유영이 추천된 것은 합당한 규정에 의해서였다. 그러나 그의 벼슬길은 특별히 문제가 있었다. 여울의 추천은 즉시 조정 신하의 비난을 받았다. 어사御史 지잡사知雜事 곽권郭勸은 유영이 막 들어간 벼슬자리에서 박탈당했고, 관직에 오른지 오래되지 않아 업무성과도 없었다. 여울의 추천은 순전히 개인적인 관계에 의해서였다. 이것은 경우원년에 발생한 일이다. 송 인종 경우 2년(1035) 6월이 이 일을 때문에 "막직, 주와 현의 관은, 과거시험에 합격하지 않고 막 벼슬길에 오른 자는, 추천을 얻어 아뢰지 마라"(幕職、州、縣官, 初仕未成考者, 毋得擧奏)[11]라는 소를 내렸다. 이후 송대에 이러한 규정이 제정되었다. 송인 섭몽득葉夢得은 이 일에 대해서 다음과 같이 기술되어 있다.

> 선종 때 처음으로 추천에 의해 후보가 된 사람은, 본디 과거시험 합격을 하지 않아도 상관이 없었다. 경우 중엽 유영이 목주 추관이 되었는데 노래 가사로서 사람을 삼았고 일컬어진다. 관직에 이르러 겨우 한 달 남짓되어 여울呂蔚 지주사知州事가 그를 추천했다. 곽근郭勸은 시어사侍御史로, 유영을 관직에서 박탈한다고 말한 것으로 인해, 한 달이 지나면서 편안하게 잘 지냈다. 추천하는 의론에 의거해 주현의 관리로 불러졌다. 처음으로 벼슬함에 과거시험에 치르지 않으면 천거될 수 없었는 법이 나중에 법을 만들어졌다.
>
> 祖宗時, 選人初任薦擧, 本不限以成考. 景祐中柳三變爲睦州推官, 以歌辭爲人所稱, 到官才月餘, 呂蔚知州事, 卽薦之. 郭勸爲侍禦史, 因言三變釋褐到官, 始逾月, 善狀安在, 而遽薦論. 因詔州縣官, 初仕未成考, 不得擧. 後遽爲法.[12]

11) 彭百川, 『太平治迹統類』 卷29.

12) 葉夢得, 『石林燕語』 卷6. 『文獻通考』 권38에도 이와 비슷한 기록이 있다. 유영이 과거에 급제한 후에 목주 추관이 되었고 송 인종 경우 2년에 詔令이 되었으며, 또한 유영이 경우원년에 진사에 급제했다는 확실한 증거가 될 수 있다.

이처럼 유영은 승진의 기회를 한 번 놓쳤다. 이 일 이후 다년간 하급관료로 생활을 하게 된다. 유영이 목주에 임직했을 때 「만강홍滿江紅」(동천桐川) 한 수를 남겼는데, 그것은 목주 경내에서 동려현桐廬縣에서 지은 것이다.

> 저녁비 막 거두고, 긴 하천은 조용하고, 돛단배 타고 나아가 밤에 떨어졌다. 작은 섬에 이르니, 붉은 여귀위에 엷은 연무가 끼었고, 바람이 초가집에 불어 갈대 소리가 나고, 물고기와 사람이 짧은 작은 배를 날게 한 것이 몇 번인가? 등불을 다 싣고 촌마을에 내렸다. 지나가는 손님을 보내고, 당시 여기에서 여정을 회상하니, 이리저리 떠돌다 배를 정박하니 슬프구나. / 동강은 좋고 연무는 아득하다. 파도는 물들어진 것 같고, 산은 깎은 듯하네. 엄릉탄嚴陵灘 둑을 에워싸고, 백로는 날아오르고 물고기는 뛰어오른다. 작은 관리가 구구하게 무슨 일을 이룰까! 하물며 평생 구름과 샘이 있는 산수에 뜻을 두기를 기약했다. 전원의 자연으로 돌아와서, 왕찬의 「종군행從軍行」노래 한 곡을 읊조리네.
>
> 暮雨初收, 長川靜、徵帆夜落. 臨島嶼、蓼煙疏淡, 葦風蕭索. 幾許漁人飛短艇, 盡載燈火歸村落.遣行客、當此念回程, 傷漂泊. / 桐江好, 煙漠漠. 波似染, 山如削. 繞嚴陵灘畔, 鷺飛魚躍.遊宦區區成底事, 平生況有雲泉約. 歸去來、一曲仲宣吟, 從軍樂.

사인은 강남 수향의 깊은 가을 경치를 묘사했다. 유랑하는 관료 생활에 대한 불만족을 기탁하였다. 그의 내심은 모순되었다. 고향에 대한 그리움과 고대 시인 왕찬王粲의 「종군시從軍詩」에서 표현한 공을 세우겠다는 큰 포부와 감개를 드러내었다. 한 번 일을 도모하고 싶은 바람을 나타내었다. 이 사에서 유영의 예술풍격이 선명하게 전환되어 변화하였음을 알 수 있다. 사의 내용은 엄숙하고 표현방식은 갈수록 우아해졌다. 그러나 이 사는 그 가운데 동강의 아름다운 경치를 생동감있게 개괄하였기 때문에 당시 토박이 지역민들에게 사랑을 받았다. 송대 승려 문영文瑩은 다음과 같이 말했다.

> 오지역 풍속은 해마다 제사를 지내고, 마을에 무당이 신을 영접한다. 그러나 「만강홍滿江紅」'동강 경치가 아름다우나, 강에는 물안개 가득히 덮었네. 푸른 파도 물들일 듯하고, 양 기슭 가파른 산봉우리 칼로 깍은 듯 하네. 엄릉 둘러싼 모래돔 일대에는, 백로 날고 물고기 뛰네.'라고 노래 부르네.
> 吳俗歲祀, 里巫迎神, 但歌「滿江紅」有'桐江好, 煙漠漠, 波似染, 山如削, 遶嚴陵灘畔, 鷺飛魚躍'之句.[13]

당지 사람들은 지신地神에게 제사지낼 때 모두 유영의 사를 노래 불렀다. 목주를 떠나 추관으로 임직한 후, 유영은 또 창국현(昌國縣, 지금의 절강성 정해현定海縣)을 지나가면서 효봉曉峰 염장鹽場의 염람鹽藍을 지나갔다. 창국현은 본디 단산열도舟山列島이고, 당대 개원년 처음으로 배치한 현이다. "송 단공2년(989)에 비로소 염전이 시작되었다"(宋端拱二年(989年)始立鹽場)[14]라고 했다. 송대 장진張津은 『건도사명도경乾道四明圖經』 권7에서 유영이 일찍이 효봉 염전에서 염관을 지냈다고 기록했다. 효봉 염전은 창국현이 다스리던 42리에 있었다. 유영은 「유객주留客住」 사는 관사의 돌에 새겨져 있다. 얼마후 나준羅濬의 『보경사명지寶慶四明志』 권20에도 비슷한 기록이 있다. 송대 사람 축목祝穆의 『방여승람方輿勝覽』 권7에서 말하길 "이름난 관리 유영은 일찍이 정해현에서 효봉 염전을 관리했는데, 그것을 읊은 시제가 있다."(名宦柳耆卿嘗藍定海曉峰鹽場, 有題咏.)라고 되어있다.

---

13) 文瑩, 『湘山野錄』 卷中.
14) 『重修定海縣志』 卷5에서 인용.

염전장은 염전의 세금을 관리 · 징수 · 수입하는 일을 맡았다. 유영은 효봉 염전에 임직하여 염전을 살펴볼 때 비교적 염전 백성의 생활을 이해하였고 일찍이 염전 어민의 고통스러운 생활을 반영하여 쓴 「자해가煮海歌」[15]라는 시가 있다.

바닷물 달이는 백성들은 무엇으로 살아갈까? 아내에겐 누에와 베틀이 없고 남편에겐 밭이 없다. 의식衣食의 원천이 너무나도 보잘 것 없는데, 소금을 달여서 그대들은 세금을 내야한다. 해마다 봄 여름에 조수가 개펄을 뒤덮으면, 조수가 물러난 뒤 개펄 흙 쌓은 것이 섬처럼 되었다. 바람에 마르고 햇볕에 쪼이면서 염분이 증가하면, 비로소 바닷물을 다시 끌어들여 간수를 만든다. 간수는 탁하고 염분은 묽어서 쉴 새도 없이, 땔감을 찾아 끝없이 산 깊숙이 들어간다. 표범과 호랑이의 자취를 보아도 피하지 못하고, 아침 해와 함께 나서서 해질 무렵에야 돌아온다. / 배에 싣고 어깨에 메고 와 조금도 쉬지 못하고, 거대한 부뚜막에 집어넣고 뜨겁게 불을 지핀다. 높이 쌓아 놓고 아침저녁으로 계속 불을 때야, 끓어오르는 간수가 백설 같은 소금으로 변한다. 고인 물 같았던 간수가 흩날리는 서리가 되면, 이를 몽땅 담보로 하여 말린 양식을 꾼다. 무게 달아 관가에 납품하지만 대금은 형편없고, 한 꿰미의 빚을 왕왕 열 꿰미로 갚아야 한다. 생산을 끝내면 휴식도 없이 다시 시작해야 하니, 세금도 다 바치지 못했는데 상인들은 빚 독촉한다. 처자를 몰고 쫓으며 소금 만드는 일을 부과하니, 사람 모습은 갖추었으되 누렇게 뜨고 야위었다. / 바닷물을 달이는 백성들은 얼마나 고달픈가! 어찌하면 어버이 부유하고 자식들 빈궁하지 않을까? 우리 왕조는 어느 하나 잘못한 거 없으니, 황제의 은덕이 바닷가에서 뻗치기를 바란다. 전쟁이 완전히 끝나 세금 납부가 멈추어지고, 임금님 재물에 여유가 있어 염세와 철세가 폐지되었으면. 태평성세를 이룩하는 재상의 일이 소금과 같으니, 하, 상, 주 삼대 시절을 회복할 수 있기를 바라네.

---

15) 시는 馮福京의 『大德昌國州圖志』 권6에 있다.

煮海之民何所營，婦無蠶織夫無耕．衣食之源太寥落，牢盆煮就汝輸征．年年春夏潮盈浦，潮退刮泥成島嶼．風於日曝鹹味加，始灌潮波塯成鹵．鹵濃城淡未得閑，采樵深入無窮山．豹蹤虎跡不敢避，朝陽山去夕陽還．/ 船載肩擎未遑歇，投入巨灶炎炎熱．晨燒暮爍堆積高，才得波濤變成雪．自從瀦鹵至飛霜，無非假貸充餱糧.[16] 秤入官中得微直，一緡[17]往往十緡償．周而複始無休息，官租未了私租逼．驅妻逐子課工程，雖作人形俱菜色．/ 鬻海之民何苦門，安得母富子不貧．本朝一物不失所，願廣皇仁到海濱．甲兵淨洗征輪輟，君有餘財罷鹽鐵．太平相業爾惟鹽，化作夏商周時節[18]

시 제목 아래에는 다음과 같은 소서小序가 있는데 “염전에서 일하는 농민을 불쌍히 여기다”(憫亭戶也) 라고 되어 있다. 송대 바다를 따라서 바다에서 소금을 생산해내는 염전 농민을 일컬어 ‘정호亭戶’라고 불렀다. 『송사宋史』 권181 『식화지食貨志』에서 다음과 같다.

자해에서 소금을 만들었다. …… 그 자해 소금을 만드는 땅을 정장亭場이라 불렀고, 일반 사람들은 정호亭戶으로 부르거나, 혹은 조호灶戶라고 일컫기도 했다. 호戶에는 염정鹽丁이 있는데, 매년 세금을 부과하는 관원이 돈을 받거나 혹은 조祖와 부賦를 깎아주었는데, 모두 일정한 액수는 없었다.

煮海爲鹽，…… 其煮鹽之地曰亭場，民曰亭戶，或謂之灶戶．戶有鹽丁，歲課入官，受錢或折祖賦，皆無常數．

---

16) 餱糧 : 마른 식량, 양식을 말한다.

17) 緡 : 돈꿰미로 사용되는 실 줄을 말한다. 매번 천개의 문으로 꿰어진다.

18) 『尙書 · 說命』, “若作和羹, 爾惟鹽海”(내가 국을 끓일 때, 너는 소금이나 매실 같은 양념이 되어 다오.) 이것은 장차 나라를 다스리는 것을 국에 간을 맞추는 것으로 비유한 것이고, 재상의 역할은 조미료 간을 조절하는 재료로 사용되는 것을 비유했다.

송대 염세는 매우 무겁고, 염법은 가혹했다. 염전민은 악랄하게 착취당해서 곤궁에 빠졌다. 이것은 송 인종 때 조정에서는 크게 중시했다. 양절전운사兩浙轉運使 심입沈立이 일찍이 "정호亭戶의 궁핍함을 가엾게 여겨 곤궁에 이르지 않도록 하라)"(愛恤亭戶使不至困窮) 고 건의했다. 조정에 "수차례 서찰과 조서로 아뢰었다."(屢下詔書輒及之) 라고 했다. 그러면서도 결국 일이 정돈되지 않았다.[19] 유영의 「자해가煮海歌」시는 염전 백성들의 고통을 표현하는 작품이다. 시 전체는 3단으로 나누어져 있다. 제1단은 염전 백성 소금을 구워 소금을 만드는 고난하고 힘든 과정인 조류를 기다리고, 진흙을 닦고, 바람에 쬐고, 조수를 대고, 소금이 방울져 떨어지게 하고, 땔나무를 하고, 소금을 볶고 삼고, 소금을 거두어 들여 보관하는 등의 일들을 묘사하고 있다. 유영은 바다에서 소금을 굽는 것이 염전민의 유일한 생계수단이다. 때문에 그들은 부득불 힘들고 고통스러운 노동을 하지 않을 수 없다고 지적했다. 제 2단은 관료들이 염전민을 잔혹하게 착취하는 것을 폭로하였다. 염전민이 생산하여 나오지 않았을 때에 식량을 빌려서 생계를 유지했다. 그러나 생산품이 규정에 의거해 단지 관부에 교부하여 팔도록 되어 있었기 때문에 노동의 보수는 오히려 매우 박했다. 그러나 돈을 빌리는 일수는 자주 있었고, 소금값은 너무 낮아서 고리대를 이용하는 사람은 점점 늘어났다. 실제로 십 여 배의 돈을 배상해야 했다. 염전은 정부에 조세를 내고 관의 조세, 사적인 조세 즉 두 가지 조세에 압박으로 쪼달렸다. 하는 수 없이 처자식을 내몰고 부역을 나갔다. 그들의 고통스런 노동, 돈을 빌리고, 착취를 당하며 곤궁과 기근이 하나의 악순환의 고리를 만들었다. 작자는 이러한 상황을 가진 노동 인민

19) 『宋史』 卷182 『食貨志』.

들에 대해 깊이 동정하였다. 제 3단은 작자가 자신의 감개를 썼다. 국가와 백성의 관계는 마치 어미와 자식과 같다. 게다가 나라가 부유하여 백성들에게 세금과 곤궁함의 경지에서 벗어나게 해주기를 바랐다. 이에 대해서 황제의 은혜가 호탕하길 바라며 은택이 해변가의 소금 굽는 어민들에게 퍼지기를 바랐다. 더욱 더 국가의 태평성대하고, 재정에 여유가 있어 국가가 염철鹽鐵의 전매하는 제도를 없앨 것을 바랐다. 작가는 소금에서 조미료가 연상되어 고대 집권 대신들이 더욱더 조미료의 역할을 하게 되었다. '소금鹽'의 뜻은 두 가지 관계가 있다. 그러면 통치계급은 마땅히 염전법에 주의를 기울였다. 국가가 상고시대와 같이 나라를 다스리게 하였다.

이 장시는 매우 깊은 현실적 의미와 민중성을 가지고 있다. 그것에서 작가가 부정하고 음탕하게 다스리고 구가하는 관습을 반대하고 엄숙한 태도로 시를 썼다. 차갑고 준엄하게 현실에 대해서 사실적으로 비판했고, 원대한 정치이상과 깊고 넓은 인도주의 사상을 표현하였다. 청대 주서朱緖는 일찍이 이 시에 대해서 "모두 백성의 병듦을 꿰뚫고 있는데, 실제로는 어진 사람의 말이다"(洞悉民瘼, 實仁人之言)라고 했다. 또 시를 지어 칭찬하며 다음과 같이 말했다.

> 쌓인 눈 날리는 서리 소리에 일을 보태고, 새벽 바람과 새벽 석양 그림을 겸해서 그렸다. 유영은 백성들을 가엾이 여겨 세금을 조절했지만, 홍등가의 곡조 「석석염昔昔鹽」를 알지 못했다네.
>
> 積雪飛霜韻事添, 曉風殘月畵圖兼. 耆卿才調關民隱, 莫認紅腔「昔昔鹽」[20]

20) 朱緖曾, 『昌國典咏』 卷5.

이 「자해가煮海歌」 시가 일찍이 일정한 영향을 미쳤음을 설명하고 있다. 유영은 단산열도丹山列島에서 지은 「유객주留客住」가 있는데[21] 매우 특색이 있다.

> 우연히 올라 바라보니, 작은 누각에 기대어, 농염한 태양의 시절인데, 잠깐 날씨가 개었는데 도처에 모두 한가한 꽃과 방초들, 먼 산에 수 만 겹 첩첩히 쌓인 구름이 흩어지고, 천리 마을에 바다 물이 넘쳤다. 조수는 평평하고 파도는 크고 아득하다. 연기 낀 마을 정원은 쇠락했다. 이것은 어느 집의 푸른 나무인가? 새는 수없이 지저귀며 울어대네. / 나그네 마음은 근심스럽고, 멀리서 온 편지는 침침한데, 타향 나그네의 흩어진 혼은 어둡다. 경물을 마주하니 슬픈 감정이 일고, 말없이 날을 보내고 누구에게 표현할까. 옛날은 즐겁던 곳은 어디인지 슬퍼지네. 나중에 기약한 것을 기대기 어렵고, 청춘시절을 봐보니 또 늙었구나. 눈에 눈물이 가득하고, 신선이 사는 고향을 바라보니, 노을은 끊어지고 석양이 은은하네.
>
> 偶登眺. 憑小闌、艷陽時節, 乍晴天氣, 是處閒花芳草. 遙山萬疊雲散, 漲海千裡, 潮平波浩渺. 煙村院落, 是誰家綠樹, 數聲啼鳥. / 旅情悄. 遠信沉沉, 離魂杳杳. 對景傷懷, 度日無言誰表. 惆悵舊歡何處, 後約難憑, 看看春又老. 盈盈淚眼, 望仙鄉, 隱隱斷霞殘照.

사인은 남쪽의 봄이 무르익을 때 멀리 바다를 조망하며 경치를 마주 대하니 슬픈 감회가 일어났다. 생활이 변화하였고, 지난날의 즐거움, 지금은 모두 아득하다. 사중의 "먼 산에 수 만 겹 첩첩히 쌓인 구름이 흩어지고, 천리 마을에 바다 물이 넘쳤다. 조수는 평평하고 파도는 크고 아득하다."(遙山萬疊雲散, 漲海千里, 潮平波浩渺)라는 구절은 바다 해변

---

21) 張津의 『乾道四明圖經』 卷7. 이 사는 昌國縣 관사에서 지었다. 지금 현존하는 『樂章集』 안에 있다.

가의 멀고 광활하고 웅대한 경치를 묘사했고 기백이 웅대하다. 심지어 「팔성감주八聲甘州」와 오묘한 아름다움을 견주며 "당인의 뛰어난 곳보다 덜하지 않다."(不減唐人高處) 라고 했다.

유영이 관리로 유람할 때 관중의 땅을 지난 흔적이 있다. 송대 나필羅燁은 다음과 같이 말했다.

> 유영이 화음현에서 벼슬을 할 때, 구속되지 않고 자유롭게 종처럼 기녀를 끼고 노닐었고, 장대한 성세가 있었다. 기녀는 그가 귀인의 집안으로 여기고, 맘껏 그에게 음식을 대주었다. 단 열흘이 지난 후 기녀의 머리 장식을 가지고 도망갔다. 기녀는 불평하며 유영에게 소송을 걸었다. 재판관에게 부탁하여 그의 형상을 비추어 그를 붙잡았다.
>
> 柳耆卿宰華陰日 有不羈子挾仆游妓, 張大聲勢. 妓意其豪家, 縱其飲食. 僅旬日後, 携妓首飾走. 妓不平, 訟於柳, 乞判執照狀捕之.[22]

이에 근거해서 유영은 일찍이 화음華陰 현령을 거쳤다.[23] 화음(지금의 섬서성 화음현)은 송대에는 화주華州에 속하였다. 『악장집』 중에는 유영이 화음면華陰面의 위남渭南 (지금의 渭南縣, 송대에는 華州에 속했음)과 장안長安(지금의 서안시)에 머물러 있은 적이 있었다. 예를 들면 "말타고 장안 옛길 느릿느릿 걸으니, 길 양쪽 버드나무 숲에는 어지럽게 매미 깃들었네."(長安古道馬遲遲, 高柳亂蟬棲) (「소년유少年游」 "패릉교 근처 크고 작은 나무는 연무에 싸였고, 눈에 들어오는 것은 모두 다 앞시대 경물 풍광 뿐이네."(參差烟樹灞陵橋, 風物盡前朝)(「소년유少年游」) "장안의 옛길은 이어져 있는데, 언덕에는 꽃 피고 새 울어 이슬에 젖어있네."(長安古道恨綿綿, 見岸花啼

22) 羅燁, 『醉翁談錄 · 庚集』 卷2.

23) 詹亞園, 「柳永二題」, 『文學遺產季刊』, 1984年 2期.

露, 對堤柳愁烟.)(「임강선인臨江仙引」) “위남을 지나가다 옛일을 추억하며 놀러 왔다”(渭南往歲憶來游)(「서자고瑞鷓鴣」) “울긋불긋한 꽃길, 해질 무렵 석양녘의 풀이 자란 장안”(紅塵紫陌, 斜陽暮草長安道)(「인하행引賀行」)은 「소년유少年游」 사중에서 또 말하길 “기녀와 노니는 흥은 생소하고 술 동무들은 깡그리 없어졌으니, 지난 시절과 같지 않구나”(狎興生疏, 酒徒肖索, 不似去年時) 라고 했다. 여기서 알 수 있듯이 유영이 장안으로 갔을 때 이미 그는 벼슬길에 오른 이후 낭만적인 사풍은 이미 변하였다. 심정은 침울하고 관직에서 노닌 것과 관련이 있다. 이로 인하여 나화가 말하길 “유영은 화음에서 벼슬했다”(柳耆卿宰華陰) 라고 했는데, 비교적 믿을 만하다.

송대 관제는 문신은 서울 조정의 관직과 후보 관직 두 가지 종류로 나뉘어져 있다. 후보 사람은 임지의 지방 관무를 보는 초등 관직의 관료이다. 유영이 임직된 추관推官, 염남鹽藍, 현령縣令 등의 직무는 모두 초등 관직의 업무였다. 후보 관직의 품계는 7등급으로 나눠진다. 후보 관직으로 승진되어 올라가는 것을 ‘순자循資’라고 일컬어진다. 각 직급의 시험을 통과해야 하고, 충분히 추천하는 사람들을 만족해야 해야만 비로소 절차탁마하여 서울 조정의 관리로 바뀐다. 이러한 종류의 지방 후보 관직은 서울 조정 관직으로 들어와 관직 서열이 바뀌는 것이 매우 고통스럽고 힘들었다. 유영이 벼슬에 들어온 이후 장기간 지방에 임지를 부임받아 초등 관직을 맡았다. 오랫동안 고통 받다가 조정되어 뽑혔고, 서울의 조정 관리로 승진되어 임지를 옮겨가길 갈망했다. 일찍이 관직을 변경되어 일을 맡기도 했다. 송대 왕벽지王闢之는 다음과 같이 말했다.

황우 중엽에 유영은 오래도록 괴롭게 사조를 선택했는데, 내도지사로 들어가니 아무개가 그의 재능을 아껴서 그가 영락하게 되었다. 교방에 모여 새로운 곡 「취봉래」를 들이니 , 때때로 하늘의 별을 맡은 관리가 노인성이 출현한다고 아뢰었다. 역사책에는 인종이 기뻐했다고 되어 있다. 유영은 응해 지었다. 유영은 바로 날개를 달아 나아가 쓰이게 되었다. 기뻐서 붓을 놀리며, 스스로 매우 득의하여 사조의 이름을 「취봉래만」이라고 지어 황제에게 올렸다. 인종은 첫 머리에 '漸' 자가 있었는데 불쾌한 기색을 보였다. "宸游鳳輦何處"까지 읽었을 때, 인종 자신이 지은 진종의 만사에 나오는 구절과 암암리에 비슷하자 참담한 기분이 들었다. 또한 황제가 "太液波翻"까지 읽다가, 왜 "何不雲波澄?"라고 하지 않았냐고 하면서 유영의 사를 땅바닥에 집어 던져버렸다. 이후로 유영은 다시는 등용되지 않았다.

皇祐中, 柳永久困選調, 入內都知史某愛其才而怜其潦倒. 會敎坊進新曲「醉蓬萊」, 時司天台奏老人星現. 史乘仁宗之悅, 以耆卿應制. 耆卿方翼進用, 欣然走筆, 甚自得意, 調名「醉蓬萊慢」. 比進呈, 上見首有"漸"字, 色若不悅. 讀至"宸游鳳輦何處", 乃與御制眞宗挽詞暗合, 上慘然. 又讀至"太液波翻", 曰: "何不雲波澄?" 乃擲之於地. 永自此不復進用.[24]

이 「취봉래醉蓬萊」는 현존하는 『악장집』 중에 수록되어 있는데 다음과 같이 말하고 있다.

점차 정자의 연못에 낙엽 떨어지고, 농두산 봉우리에 구름이 떠다니고, 가을 하늘은 막 개었다. 화려한 궁궐은 하늘 위로 솟아있고, 아름다운 기운으로 싸여있네. 어린 국화 노란빛 짙고, 부용꽃은 옅은 홍색을 띠며 아름다운 계단과 향기어린 섬돌 가까이에 있네. 황제가 사는 곳엔 먼지 하나 없고, 승로반엔 이슬 있고, 파란 하늘은 물과 같네. / 마침 태평성대의 시절을 만나 황제의 정무는 한가하다. 밤경치는 맑고 깨끗하고 물시계 소리 들려오는데, 남극성 가운데 노인성이 나타나 상서로움을 알린다. 이 때 천자가 노니실텐데, 천자의 수레는 어디에 있나. 생각건대 관현악 소리 맑고 부드

24) 王辟之, 『澠水燕談錄』 卷8.

럽게 울려나오는 곳이리라. 물결 넘실대는 태액지일까 주렴을 걷어 올린 피향전일까, 달빛은 밝고 바람은 부드럽구나.

漸亭皐葉下, 隴首雲飛, 素秋新霽. 華闕中天, 鎖葱葱佳氣. 嫩菊黃深, 拒霜紅淺, 近寶階香砌.玉宇無塵, 金莖有露, 碧天如水. / 正値升平, 萬幾多暇, 夜色澄鮮, 漏聲迢遞. 南極星中, 有老人呈瑞. 此際宸游, 鳳輦何處, 度管弦淸脆. 太液波翻, 披香簾卷, 月明風細.

남극성(南極星)을 수성(壽星), 노인성(老人星)이라고도 부른다. 가을에 많이 보이는데 옛설에 의하면 주로 천하가 태평한 조짐을 말한다고 한다. 이 사는 분명히 가을에 날이 개이자 노인성이 보여서 지은 것이다. 왕벽지(王辟之)는 그것을 만든 시간이 '황우중엽'(皇祐中)이라고 하였다. 황우皇祐는 송 인종仁宗의 연호로 총5년간(1049~1053)을 말한다. 『송사宋史·천문지天文志』에 수성壽星이 때마침 인종조때에 출현했다는 기록이 나온다. 『송회요집고宋會要輯稿』에 한 두 번 황우중엽 인종조에 수성이 출현했다는 상서러운 기록이 15회나 나온다. 극도로 불완전했으나 황우중엽에는 한 차례도 없었다. 북송 때의 진사도陳師道, 양식楊湜, 섭몽득葉夢得 등은 유영이 「취봉래醉蓬萊」를 지었던 일[25]에 대해 이야기하였다. 그러나 언제 지었는지는 말하지 않았다. 송대 완열阮閱이 말하길, 유영이 이 사를 지은 것으로 인해 "수오지"(遂忤旨 : 마침내 왕의 명령을 거역한) 죄를 얻었다.[26] 북송 중엽 장순민張舜民은 이 사건에 대해서 보충 기록을 남겼다.

---

25) 陳師道, 『後山詩話』, 『歲時廣記』 卷17에서 楊湜의 『古今詞話』를 인용함. 葉夢得, 『避暑錄話』 卷下.

26) 張舜民, 『畫墁錄』 卷1.

유영이 사로서 인종의 비위를 거슬리게 되자, 이부吏部에서는 그를 내쫓지 않고 관직을 바꾸었다. 이에 유영은 참지 못하고 정부로 찾아갔다. 당시 재상이었던 안수가 "당신은 사를 짓는가?"라고 묻자, 유영은 "그저 상공처럼 역시 사를 짓습니다."라고 대답했다. 그러자 안수는 "내가 비록 사를 짓기는 하지만 '한가로이 바느질이나 하며 그의 곁에서 짝할 것을'과 같은 말은 하지 않았네."라고 하였고, 이에 유영은 물러났다.

"柳三變既以詞忤仁廟, 吏部不敢放官, 三變不能堪, 詣政府. 晏公曰 : '賢俊作曲子麽 ?'三變曰 : '祇如相公亦作曲子.' 公曰 : '殊雖作曲子, 不曾道"彩線慵拈伴伊坐".' 柳遂退."

당시 유영은 벼슬길에 들어온 지 이미 오래되어 선출된 사람이었다. 때문에 노인성이 출현하여 경사스러운 것을 축하하는 길조의 사를 지었던 것이다. 내도지사의 모종의 관계를 통해서 인종에게 바쳤고 황제가 감상하고 알기를 바랐다. 뜻밖에 이 사는 인종 때 금기를 위반하여 불길한 사로 여겨져 화가 나서, "이부에서 그를 내쫓지 않고 관직을 바꾸었다"(吏部不放改官) 라고 했다. 유영은 승진되어 서울의 관리가 되는 바람은 한차례 허망하게 사라졌다. 그는 불평했고 분노를 느꼈다. 왜냐하면 자신의 자질과 재능은 모두 마땅히 경관이 되기 위해 각고의 노력을 다했기 때문이다. 그는 특별히 정부政府에 가서 질문을 했다. 아울러 재상인 안수에게 도움을 구했다. 누가 예상했으랴? 안수가 유영을 도와주지 않을 지를. 도리어 그는 유영을 조소하고 책망하면서 일찍이 「정풍파定風波」의 "날 버리지 못하도록 언제나 함께 하며, 한가히 바느질거리 잡고 그이 곁에 붙어 있을 것을!"(鎭相隨, 莫抛躱, 針線閑拈伴伊坐)와 같은 이속俚俗의 사를 썼다. 유영이 「취봉래」사를 짓던 때와 안수를 배알한 시간은 매우 가까웠다. 당시 안수는 재상의 자리에 있었기 때문에 그를 '상공相公'이라고 불렀다. 황우 5년간 안수는 외지인 하남 등지로 부임가서 지방직 군수를 맡고 있었고, 게다가 아직 조정에 있지 않았다. 그가 재상의 자리에 있던 시간은 황우 이전 인종 경력2년에서 4년(1042~1044)이다.[27] 유영이 「취봉래」를 지었을 때는 이 3년 이내이다. 유영은 경우원년(1034년)에 벼슬길에 들어와 경력庚曆 4년(1044년)까지 이미 십년이 되었다. 송대 선출직 사람은 서울의 관리로 바뀌는 규정에 따라 응당 관직이 바뀌어야 했다.

이듬해 바뀐 관직은 견디기 힘들었고, 황제는 유영에 대한 인상이 더욱더 좋지 않았다. 그의 앞날은 더욱더 어두웠다. 이러한 곤경을 타파하기 위해서 유영은 부득이하게 본명인 '삼변三變'을 '영永'으로 개명하였다. 오증吳曾이 말하길 "후에 이름을 영이라고 개명하자, 바야흐로 절차탁마하여 관직이 바뀌었다"(後改名永, 方得磨勘轉官)[28]라고 했다. 진사도陳師道도 "후에 이름을 개명하여 벼슬은 둔전원외랑에 이르렀다"(後改名永, 仕至屯田員外郎)[29]라고 말한데서 알 수 있듯이, 유삼변이 경력 년간에 안수를 배알한 이후 유영으로 개명하였다. 비로소 이부吏部에서 절차탁마하며 다시 서울의 관리가 되었다. 관직은 둔전원외랑에 이르렀다. 이로 인해 후세 많은 사람들이 유영을 '유둔전柳屯田'이라고 부르게 되었다.

둔전원외랑은 공부工部에 속하는데, "둔전, 영전, 직전, 학전을 관장했고, 관장현의 정령은 제 때 세금을 거두는 일, 곡식을 심고 베는 일, 세금을 징수하고 고치는 일, 세금을 바치는 일 등을 하였다"(掌屯田、營田、職田、學田、官庄之政令, 及其租入、種刈、興修、給納之事)[30] 라고 했다. 그것은

27) 夏承燾, 『二晏年譜』, 『唐宋詞人年譜』, 上海古籍出版社, 1979년.

28) 吳曾, 『能改齋漫錄』 卷16.

29) 陳師道, 『後山詩話』.

30) 『宋史』 卷163 『職官志』.

관직 등급은 경관중에서 가장 낮았고, 6품에 속했다. 그러나 이것은 오히려 유영이 일생에서 가장 높은 벼슬을 한 경력이 되었다.

유영의 사망년대에 대해서 당규장 선생은 송 인종 황우 5년(1053년) 66살이었다고 추측했다. 유영은 아들이 있었는데, 이름은 세涚였다. 유세柳涚의 자는 온지温之이고, 송 인종 경력 6년(1046년)에 진사에 급제했으며 관직은 저작랑著作郎에 이르렀다.[31]

유영의 장지에 관해서, 송대 이후 필기 잡서와 지방지에 기재된 기록은 매우 다르다. 양양襄陽(지금 호북성 양번시襄樊市), 조양棗陽(지금 호북성 棗陽縣), 의정儀征(지금 강소성 儀征縣) 등지에 있다는 서로 다른 설이 있다. 송대 사람 섭몽득葉夢得의 말에 의하면 다음과 같다.

> 유영은 둔전원외랑으로 세상을 떠났는데 이리저리 떠돌다가 윤주潤州에서 죽어 그곳에 시신을 안치시켰고, 왕화보가 그곳에 부임하였을 때 그의 후손을 찾아보았으나 찾을 수 없어, 이에 돈을 내어 그의 장사를 지내주었다.
>
> 永終屯田員外郎, 死旅殯潤州僧寺. 王和甫爲守時, 求其後不得, 乃爲出錢葬之.[32]

왕안례王安禮의 자는 화보和甫이고 왕안석王安石의 동생이다. 그는 윤주潤州(지금 강소성 鎭江市) 군수로 부임갔는데 송 신종神宗 희영熙寧8년(1075)이었다.[33] 유영의 시신을 담은 운구는 염해져서 오랫동안 윤주의 절에 있었다. 왕안례가 비로소 진강鎭江으로 장사를 지내러갔고 단도丹徒(지금의 강소성 단도현丹徒縣) 북고산 아래에 장사지냈다. 송대 사람 갈중승

31) 『嘉靖建寧府志』 卷15.

32) 『避署錄话』 卷下.

33) 『嘉定鎭江府志』 卷14.

葛仲勝이 말하길 "왕안례는 염을 해서 장사지내길 고수했다. 짚으로 염을 한 후에 오래 후에 돌아갔다. 조정에 청하여 마른 땅을 높은 가격을 주고 사서 친히 장사지낼 곳을 마련하고 유영은 비로소 무덤으로 들어갈 수 있었다."(王安禮守潤欲葬之, 藁殯久無歸者. (陳)朝請市高燥地, 親爲處葬具, 三變始就窀穸.)[34] 라고 했다. 두 설은 기본적으로 서로 상통한다. 나중에 일설은 진조청陳朝請이 구체적으로 장사를 지낸 일을 보충하였다. 이에 근거하면 유영은 단도 경내에서 장사를 지낸 것이 확실하다.

유영은 경우원년景祐元年(1034년) 진사에 제8등으로 급제한 후 목주 추관을 거쳐서 창국현昌國縣 염감鹽監, 화양현령華陽縣令, 개명 후에 서울의 관리로 전보되었다. 벼슬은 둔전원외랑屯田員外郎에 이르렀다. 그의 벼슬 경력을 고증할 수 있는 것은 대략 여기까지이다. 명대 이래 몇몇 지방지에 유영의 벼슬 경력에 관한 새로운 기록이 나왔다. 이를테면 유영은 일찍이 여항령餘杭令이 되었고 쇄주판관洒州判官, 저작랑著作郎, 영대령靈臺令, 태상박사太常博士 등을 역임했다는 기록이 있는데, 그 근거하는 자료는 믿을 수 없다. 게다가 또한 송대 문헌에는 보이지 않는데, 그것의 진실성을 지금 사람들이 매우 의심했다.

유영은 여항餘杭(지금의 절강성 여항현) 현령으로 있었는데, 명대 『가경여항현지嘉慶餘杭縣志』 권21에 보인다.

34) 葛仲勝, 『丹陽集 · 陳朝請墓志』, 『萬曆鎭江府志』 권36에서 인용. 원본은 오래전에 소실되었다. 현재본은 『永樂大典』輯에 나오는 24권을 조사했으나 『陳朝請墓志』는 없었다.

유영의 자字는 기경耆卿이고, 인종 경우 년간 여항현령이고 사부에 뛰어났다. 사람됨은 풍격이 고아하고 얽매이거나 구속됨이 없었다. 그러나 백성을 어루만지고 맑고 조용하였고 무사함에 안주했다. 백성들은 그를 사랑했고 계남에 완강루를 짓고 노닐었다. 공은 여기에 휘파람 불며 읊조렸다.

柳永字耆卿, 仁宗景祐間餘杭令, 長於詞賦, 爲人風雅不羈, 而撫民淸靜, 安於無事. 百姓愛之. 建翫江樓於溪南, 公餘嘯詠.

또 권19『직관표職官表』내에는 '경우 원년' 유영이라는 현령이 있다고 기재되어 있다. 또 권17 "완강루翫江樓" 주에서 인용한『만력구지萬曆舊志』에서 말하길 "통제通濟에서 남쪽으로 다리를 지나면 초계苕溪의 모습이 바라보인다. 송대 유영이 지은 것이다."(在通濟橋南, 面瞰苕溪, 宋令柳耆卿建) 라고 했다. 이러한 기록의 자료 내원은 하나의 송대 이후 완강루의 전설에서 기원한다. 하나는『송시기사宋詩紀事』중의 유영 소전小傳에 붙어있다. 사실상 유영은 경우 원년 중에 진사가 된 후 출사하여 목주추관이 되었다. 근본적으로 이 해에 동시에 여항 현령에 임용된다는 것을 불가능하다. 원대 화본話本에서는 유영이 25살에 여항 현령이 되었고, 완강루를 짓는 일의 사무를 맡았다[35]라고 되어 있는데, 본디 말로 전하는 것을 책으로 편집해서 만든 것이다.『여항현지餘杭縣志』권39에 여항잡사에 구비된 기록이 있는데 지은이는 다음과 같이 말했다.

『송시기사宋詩紀事』에 인용된『예원자황藝苑雌黃』,『독성잡지獨醒雜志』,『방여승람方輿勝覽』3조 기록에는 비록 유영의 전사라고 일컬어지는데, 풍류가 준매俊邁하고, 그가 벼슬을 할 때 여항에서의 일을 말하지 않았다. 이 조목은 다른 동명이인의 유영이고, 잠시 전하는 것을 비고로 삼는다.

35)『淸平山堂話本』:『柳耆卿詩酒翫江樓記』,『古今小說』:『衆名姬春風吊柳七』.

『宋詩紀事』…… 所引『藝苑雌黃』,『獨醒雜志』,『方輿勝覽』三條, 雖稱其塡詞三變, 風流俊邁, 未言其宰餘杭之事, 此條或別一柳永, 姑存以備考.

여기서 알 수 있듯이 현지의 지은이는 유영에 대해서 여항餘杭 현령이라고 칭했는데 또한 계속 회의하는 태도를 지녔다.

명대『만력진강부지萬曆鎭江府志』권36에는 당시 출토된『유영묘지명柳永墓志銘』을 기술하였다.

근세 수군통제사 양자는 군사들에게 땅을 파게 했다. 유영의 묘지명과 하나의 옥 참빗을 얻었다. 수소문하여 그 근원을 찾아보니 묘지명은 이내 조카가 지은 것이었다. 전액이 말하길 "송대 낭중의 유공의 묘지명이다." 명문은 마멸되어, 100여자만 읽을 수 있다. 말하길 "숙부의 휘는 영은 박학하고, 문장 쓰는 것을 좋아했는데, 더욱이 음률에 밝았다. 쇄주 판관에서 저작랑으로 전보되었다. 궐 아래에 이르렀다. 인종조때 부름을 받았고, 총애되어 조정으로 들어갔다. 서경에서 영대령을 수여받았고, 태상박사가 되었다."라고 했다. 또 말하길 "돌아가실 때 거듭 염을 못한 날이 있었다. 숙부가 돌아가신지 거의 20여년이 되었다.

近世, 水軍統制羊滋, 命軍兵鑿土. 得柳墓志銘幷一玉篦. 及搜訪摩本, 銘乃其侄所作. 篆額曰: "宋故郎中柳公墓志" 銘文磨滅, 止百餘字可讀. 雲"叔父諱永博學, 喜屬文, 尤精於音律. 爲灑州判官改著作郎. 旣至闕下, 召見仁廟, 寵進於庭; 授西京靈台令, 爲太常博士." 又雲: "歸殯不復有日矣, 叔父之卒, 殆二十餘年雲.

이 단락의 기록은 모순되는 곳이 자못 많다. 명문에서 일컫길 "100여자의 글자를 읽을 수 있다"(止百餘字可讀) 라고 했는데, 인용한 것은 실제로 62자이다. 명문의 내용에서 보면 서술한 것은 매우 연관되어 있고, 마멸된 흔적은 보이지 않는다. 게다가 비슷한 부류인 소전은 명문과 닮지 않았다. 전액篆額이 유영을 일컫길 '낭중郎中'이라고 했는데, 그러나 유영은 일찍이 낭중의 벼슬에 이르지도 않았고 또한 추증되지도 않았다. 유영의 벼슬 경력이 쇄주판관, 저작랑, 영대령, 태상박사라고 서술한 것은 송대 사람의 기록과도 전혀 부합하지 않다. 게다가 결국 목주추관, 둔전원외랑의 일을 맡았다는 말도 없다. 이른바 "인종 때 부름을 받았고, 총애되어 조정으로 들어갔다."(召見仁廟, 寵進於庭) 라고 하였는데, 더욱 사실과 위배된다. 실제로 그는 수차례 인종 황제의 배척을 받았고 개명한 후에 비로소 관직이 전환되었다. 왜냐하면 유영이 진강부鎭江府에서 장사지냈기 때문에 이른바 묘지명은 후세 사람들이 위작으로 지었을 것이라고 한다. 그러나 현재 그 묘지명과 모본 또한 볼 수 없어 더욱 고증할 수 없다.

이상의 몇 가지 설은 모두 유영 생애의 큰일과 관련된 것이다. 우리들은 부득이 하게 여기에서 구별해 내야 한다. 왜냐하면 작가의 생애 사적을 분명히 해야 그의 창작의 길을 이해하는데 도움을 주기 때문이다.

송대 지방관서는 모두 관기를 데리고 가무연회를 하는 것과 관련이 있다. 조정의 규정에서는 관원이 그녀들과 사적으로 접대하며 시침을 드는 것을 불허했다. 그렇지 않으면 "지나치고 도를 넘는"(逾濫) 원인이 되어 탄핵 처분을 받게 된다. 정부 관원이 평강방곡平康坊曲과 민간 가기의 사귐이 지나치게 도를 넘는 것을 더욱 엄중하게 금지했다. 예를 들어 북송 경우 원년(1034년) 우정언右正言 유환劉渙이 지방의 태수로 부임갔을 때, "자못 지나침이 넘침"(頗爲逾濫)으로 관직에서 파직되었다. 강정 원년康定元年(1040) 조령詔令의 규정에 관원이 "그대가 연회에서 여흥의 기악으로 인해 단지 응당 짝하여 지나치게 넘침이 있어"(若因宴飮伎樂祗應偶有逾濫), 유영이 자숙해야할 시간이 크게 연장되었고, 희영熙寧4

년(1071년) 사봉원외랑司封員外郎 안성유晏成裕는 "일찍이 양복이 거리의 항간에서 기녀를 기고 노닐었다."(嘗褻服狎游里巷, 爲御史言而黜之)라고 했다. 정화政和3년(1113년) 관구管勾 성도成都 옥구관玉局觀 이지의李之儀는 "양주楊姝와 더불어 지나침이 넘쳤다."(與楊姝逾濫) 등의 일로 인해 제명되었다.[36] 때문에 유영이 벼슬한 후에 그가 원래 가지고 있었던 자유롭고 낭만적인 생활태도를 반드시 고쳐야만 쳤다. 그렇지 않으면 그의 벼슬길은 순탄하지 못했기 때문이다. 몇 차례 과거시험에 참가한 후 배척되어 물러났고, 다년간 힘들고 고통스러운 유랑생활과 벼슬길에 들어온 이래 오랫동안 괴로워서 사조를 선별하는데 주저했지만 이미 늙었다. 이것은 또한 유영이 받아들인 역사적 교훈 때문이었다. 보배로운 앞날을 애석해하고 노력하여 벼슬길에 올랐으나 흥취가 없었다. 또한 감히 더 이상 방곡坊曲에 이어서 머물러 있으며 떠날 수가 없었다. 아련한 단청의 담장에 기대어 기약했다. 그의 작품 중에서 그 때 지나간 생활은 항상 그에게 고통스런 추억이 되었다는 것을 알 수 있다. "해마다 산하가 막혀있음을 생각하니 한스럽다. 아득한 자주빛 길가에, 비취빛 아름답고 교태롭고 농염한 얼굴 헤어진 이후 지금에 이르러, 꽃이 피고 버들가지 꺾어지니 혼백은 슬프고, 명리를 받고 노역奴役으로 끌고왔네."(念歲歲間阻, 迢迢紫陌. 翠娥嬌艶, 從別後經今, 花開柳折傷魂魄. 利名牢役.)(「윤대자輪臺子」)라고 했다. 당시 그는 두 번째로 수도 서울 京都의 화류계 골목을 행차할 때, 이미 정은 작아지고 없어졌다. 더 이상 옛날의 맹세를 찾으려고 생각하지도 않았다.

---

36) 『宋會要輯稿』에 관직을 맡은 사람은 64명중 32명, 12명중 11명, 65명중 26명, 68명중 29명이라고 했다.

옛날 풍경을 감상하며 득의하고, 맘껏 풍경을 즐기며 노닐었다. 다시 보니 더욱 자세히 보니 예쁘다네. 옆의 버들나무는 어둡고, 꽃이 있는 지름길을 찾았다. 공허하게 이같이 고삐와 재갈을 늘어뜨리고, 고아한 유희를 즐기며 노닐었다. 평강平康에 모여 사는 아름다운 기녀들, 누가 대신해서 아름다운 미인에게 많이 감사할까. 길에서 기녀들에게 관원의 종적을 말하고, 노래하고 술 마시는 정회는, 당시와 같지 않다.

昔觀光得意, 狂遊風景, 再睹更精姸. 傍柳陰, 尋花徑, 空恁(身單)轡垂鞭. 樂遊雅戲, 平康艶質, 應也依然. 仗何人、多謝嬋娟. 道宦途蹤跡, 歌酒情懷, 不似當年.(「투벽소透碧宵」)

하나의 신분 계층인 사인과 천민인 가기와의 격차는 이미 벌어지기 시작했다. 유영은 당시 기녀들을 "머리카락을 잘라서 약속을 했었지"(剪香雲爲約)(「미범尾犯」)라고 했다. "진실로 그대를 기관에서 집으로 돌아오도록 할 때, 마침내 내가 시종일관하다는 것을 믿게 되리라.)"(待作真个宅院, 方信有初终)(「집현전集賢賓」)라고 했다. "과거시험에 장원으로 급제했다. 당신을 기다릴 때, 돌아오면 축하하기를 손꼽아 기다렸다.)"(魁甲登高第. 待恁时、等著回来贺喜)(『장수악長壽樂』) 등은 모두 마음을 저버린 허된 말이었다. 사인과 가기 간의 애정은 부득불 봉건혼인제도와 봉건계층제도의 구속으로 인해 받아들일 수 없었다. 본디 그 시대에는 이러한 애정이 일반적이었는데 모두 결과는 없었다. 유영은 후기 가기에 관한 태도에 대해서 그는 「장상사長相思」(경기京妓) 중에서 가장 분명히 표명하였다.

그림북 떠드는 길가에, 난등불은 시장에 가득하네. 흰달은 막 경계가 삼엄한 성 연못을 비추네. 황제가 거주하는 궁궐의 야밤은, 바람이 은으로 장식한 물시계 바늘 소리를 전해주고, 승로반의 동 기둥에 구름이 성대히 끼었다. 궁궐의 통로 길은 종횡으로 나 있고, 기녀들이 살던 곳을 말고삐를 천천히 당겨 지나갔고, 느릿한 노래 소리를 듣고, 봉황 촛불은 빛나네. 그 사람의 집에 아직 향기로운 병풍이 가리지 않았다네. / 아름다운 비단옷 입은 기녀들이 모여있는 가운데를 향했고, 기억을 의지해 옛일을 알기는 드물고, 고아한 자태 날씬하고 탱탱한 몸매, 교태롭고 농염하게 추파를 던지고, 예쁜 웃음은 여전하다. 뜻이 있어 서로 맞이하여, 남녀는 첫눈에 반했다네. 지체하여 오래도록 천천히 머물렀고, 깊고 진실한 사랑을 쓰기 어려웠다. 또 어찌 명성있는 관원이 부득이하게 단속하지 않을 수 있으랴. 해마다 와보니 풍정은 다 줄었다네.

畫鼓喧街, 蘭燈滿市, 皎月初照嚴城. 淸都絳闕夜景, 風傳銀箭, 露靉金莖. 巷陌縱橫. 過平康款轡, 緩聽歌聲. 鳳燭熒熒. 那人家、未掩香屛. / 向羅綺叢中, 認得依稀舊日, 雅態輕盈. 嬌波艶冶, 巧笑依然, 有意相迎. 牆頭馬上, 漫遲留、難寫深誠. 又豈知、名宦拘檢, 年來減盡風情.

사인의 심정은 매우 모순되었고 맹세는 있었지만 옛정은 한번 단절되어 회복되기 어려웠다. 그래서 도성의 더욱 깊은 야밤 조용할 때 그는 다시 혼자 말을 타고 그 옛날 그 사람의 집으로 방문을 했다. 그것은 위험을 부담하는 모험이었다. 그러나 등불의 빛 아래서 노래 부르는 소리를 듣고, 향기로운 사립문의 빗장은 닫혀 있지 않았다. 젊은 시절 연인은 여전히 날씬하게 볼륨감이 있고 아름답고 농염했고, 웃음소리가 당신을 환영하는 것 같다. 그러나 사인은 현재 이름난 관리로 자신의 행동을 부득이하게 구속하지 않을 수 없었다. 하물며 자신의 말년에 와서 풍정을 다 줄일 수 있겠는가? 마음은 그친 물과 같았다. 이 다음에 방문하였는데 다만 이것은 자적하게 옛정을 위로하기 위함일 따름이었다. 모습은 하나의 붓으로 책무를 갚는 것과 같다. 이 일 이후 사인은 노력해서 이름난 관리가 되었다.

이로 말미암아 후기의 생활환경은 변화되어 바뀌었다. 유영은 더 이상 악공 가기들을 위해 사를 지어 경제적인 지원을 받을 필요가 없었다. 또한 더 이상 그러한 생활이 시민 군중 취미의 속사를 쓰는데 필요가 없었다. 이 때 사인의 심미 취향은 이미 거듭 전환 변화되었다. 아사의 생성에 대한 깊은 흥취가 생겼다. 한 번 유영은 정사에서 한가한 때 관기들이 민간 통속사를 노래 부르는 것을 듣고 느끼기에 불만족스러웠다. 아사가 사람들에게 중시되지 않는 것을 애석해했다.

그림 누각의 낮은 적막하고, 난초 당의 밤은 조용하다. 춤추는 농염한 가기는 예쁘고, 점점 기녀의 비단옷에 몸을 맡기네. 송사가 한가할 때 편안한 풍정이 많았고, 고아한 노래가 모두 폐해지는 것을 어찌할까. 일찍이 가기에게 몇 수의 청아한 가곡을 가르쳤는데, 몇 결의 맑은 노래를, 새로운 소리가 다하고, 즐겨 술잔 앞에서 다시 다듬는다.

畫樓晝寂, 蘭堂夜靜, 舞艷歌姝, 漸任羅綺. 訟閒時泰足風情, 便爭奈、雅歌都廢. 省教成、幾闋清歌, 盡新聲, 好尊前重理.(「옥산침玉山枕」)

그는 그녀들을 위해 아사를 쓰고 싶었다. "술잔 앞에 따라가 헤어졌고, 고아한 노래 부르고 농염한 춤을 추며, 즐거움을 만끽했다."(尊前隨分, 雅歌艷舞, 盡成歡樂.)(「여관자女冠子」) 진실로 그는 가무와 술을 따르는 관기 또한 때때로 읊조리거나 혹은 즉석에서 일필휘지하여 가사를 썼다. 그러나 이들 사에서는 가기의 미모와 재주에 대한 일반적인 감상이었을 뿐이지만, 마음을 기울게 할 정도의 사인의 열정은 가지고 있지 않았다. 예를 들면 「소년유少年遊」(제6수)를 살펴보자.

주 현령이 사무보던 곳엔 송사가 없어서 연회놀이 번번했고, 비단옷에 비녀 꽂은 기녀가 붉은 분가루를 전하며 시중드네. 풍만한 피부와 맑은 기상, 용모와 태도는 진실로 천진하네. / 춤추는 옷을 입고 부채를 들고 꽃이 빛나는 마을에, 회오리처럼 도는 모습이 날리는 눈같고, 천상의 흐르는 구름이 회오리처럼 나는 것을 멈추었다. 화려한 비단 자리에, 봉황 등불은 가물거리는데, 이 사람의 마음 속에 누구 들어있나.

鈴齋無訟宴遊頻. 羅綺簇簪紳. 施朱傅粉, 豊肌清骨, 容態盡天真. / 舞裀歌扇花光裏, 翻回雪、駐行雲.綺席闌珊, 鳳燈明滅, 誰是意中人.

가사 속에서 쓴 것은 관부에 송사는 드물었지만 주연자리는 빈번하고, 관기들은 비단 옷을 입고 관은 성대한 장식의 화살촉을 꽂고 큰 신발을 신고 주연자리에서 가무를 즐기는 정경이다. 가사의 결미는 관기의 감정을 묘사했지만 일반적인 것일 따름이다. 이것은 당시 관에서 주관하는 연회장에서 관습적으로 보이는 것이다.

유영과 두 명의 사인을 비교해보면 유영의 사는 비교적 통속적이고 쉽다. 그러나 유영사의 전기와 후기의 작품을 비교해보면 분명한 아雅와 속俗의 차이가 있다. 우리들이 이른바 유영의 아사는 그의 전기 창작과 상대하여 말하지만 그것은 남송의 강기, 오문영 등과 같은 그러한 종류의 난삽하고 조탁과 수식이 있는 전아한 사와는 다른 것이다. 유영 후기의 사작은 기본적으로 아사에 속한다. 그것과 전기 속사와 구별은 여기에 있다. 첫째, 언어방면에서 시정에서 상용하는 속어 어휘를 사용하지 않았고, 비교적 정련된 백화를 사용하였다. 혹은 앞시대 사람들이 쓴 시구를 융화하여 대우를 사용하기도 하고, 또한 약간의 자주 보이는 전고를 사용하였다. 여전히 분명히 쉽고 이해하기 쉬운 특징을 견지하고 있다. 둘째, 내용은 알현의 노래, 관리의 놀이, 나그네 정과 전기 생활의 후회가 주를 이루었다. 더 이상 시민의 생활 정취를 표현하지는 않았다. 셋째, 표현방식은 함축적으로 흐르며 의경을 추구했다. 엄격하고 정밀한 결구를 짓는데 신경을 썼다. 이러한 특징들은 우리들이 앞에서 인용한 육주에서 지은 「만강홍滿江紅」, 단산열도에서 지은 「유객주留客住」, 진정 仁宗의 「취봉래醉蓬萊」, 서울에서 지은 「장상사長相思 · 경기京妓」 등의 사에서도 모두 볼 수 있다.

유영이 송대 문인사에 끼친 영향은 주로 그의 아사에 있다. 이러한 사들은 자주 "당나라 사람의 높은 풍격에 부족함이 없다."(不乏唐人高處)라고 문인들을 격찬하였다. 유영의 후기 아사는 그가 창작의 길에서 변화를 반영해 주고 있다. 게다가 전문적으로 민간통속문학을 창작하는 길이 매우 어려워서 민중들의 깊은 환영을 받은 이 우수한 사인도 견지해 나갈 수 없었다. 설령 이와 같을지라도 총체적으로 말하자면 유영의 속사와 아사는 물론 내용과 형식면에서 새롭고 신선한 의의가 있다. 비교적 높은 성취를 얻었고 그것들은 송사의 발전에 적극적인 영향을 끼쳤다.

제4장

유영의 여인들

유영에 관해 전해 내려오는 사적은 송대로부터 잡서雜書, 화본소설과 희곡에서 많이 찾아 볼 수 있다. 그 대부분은 주로 유영과 기녀들에 관한 이야기로 널리 전해지는데 우리는 여기서 가사와 관련된 출처에 관한 여러 해석에 대하여 간단히 살펴보고자 한다.

1. 유영柳永과 초초楚楚

유영이 지은 「망해조望海潮」는 기녀 초초楚楚를 통하여 손하孙何를 만나는 이야기로, 송대 양식杨湜의 『고금사화古今詞話』에서 최초로 기록하고 있다.

> "유기경柳耆卿과 손하孫何는 죽마고우이다. 손하가 항주에 있을 적에 두문불출하여 유영이 만나고 싶어도 만날 수가 없었기에 「망해조望海潮」라는 사를 지어 명기 초초楚楚에게 말하기를 "손 재상을 만나고 싶으나 만날 길이 없음에 한스럽구나. 만약 관청에 연회가 열리면 너의 주옥같은 입술을 빌어서 손 재상 앞에서 노래를 불러다오. 만약 누가 이 사를 지었는가 묻는다면 유칠柳七이라고 하여라." 추석 연회에서 초초는 감미롭게 그 노래를 불렀으며 손하는 다음날 유영과의 자리를 마련하였다."

柳耆卿與孫何為布衣交.孫知杭州, 門禁甚嚴, 耆卿欲見之不得, 作『望海潮』詞, 往詣名妓楚楚曰："欲見孫相, 恨無門路, 若因府會, 願借朱唇歌之.若問誰為此詞, 但說柳七."中秋夜會, 楚婉轉歌之, 孫即席迎耆卿預坐."[1)]

이후, 남송의 나대경羅大經, 명대의 진요문陳耀文, 장일규蔣一葵, 전여성田汝成 등 모두 유사한 내용을 기술하였다. 「망해조」는 유영의 작품 중 특히 유명한데, 다음은 사 작품의 일부이다.

동남東南 지방의 명승지이며, 삼오三吳의 도회지인, 전당錢塘은 예로부터 번화하였다. 안개서린 버드나무, 채색한 다리, 바람에 날리는 주렴, 비취색 장막이 있는 이곳에는 십만이나 되는 가구가 살고 있다네. 구름에 닫을 듯한 나무들이 전당의 강둑을 에워싸고, 성난 파도는 흰 물보라를 일으키니, 천연의 참호 전당강錢塘江은 끝없이 펼쳐져 있다네. 시장에는 아름다운 진주 보석들이 즐비하고, 집집마다 아름다운 비단 가득 놓고 호화로움을 뽐내는구나. / 앞뒤 양쪽 호수와 굽이굽이 산 봉오리 청려하구나. 가을에는 계수나무 꽃이 피고, 여름에는 십 리에 연꽃이 펼쳐진다네. 맑은 하늘에 피리소리 울려 퍼지고, 밤에는 마름 따는 노래 울려 퍼지니, 고기 낚는 노인, 연꽃 따는 아낙네 웃음꽃 핀다네. 천명의 기병이 높은 깃발을 호위하니, 술에 취해 퉁소와 북소리를 들으며, 아름다운 자연경치를 음미한다네. 훗날 이런 아름다운 경치 그려두었다가, 조정으로 돌아가 뽐내보겠지.

東南形勝, 三吳都會, 錢塘自古繁華.煙柳畫橋, 風簾翠幕, 參差十萬人家. 雲樹繞堤沙. 怒濤卷霜雪, 天塹無涯. 市列珠璣, 戶盈羅綺, 競豪奢. / 重湖疊巘清嘉. 有三秋桂子, 十裏荷花. 羌管弄晴, 菱歌泛夜, 嬉嬉釣叟蓮娃. 千騎擁高牙. 乘醉聽簫鼓, 吟賞煙霞. 異日圖將好景, 歸去鳳池誇. 「망해조望海潮」

가사의 마지막 부분에는 장수의 호탕한 감성과 의취逸致를 찬양하였다. 천군만마가 따르고 깃발이 앞에서 이끄는 모습과 유람하며 호

1) 陳元靚, 『歲時廣記』, 卷三十一 인용.

수와 산이 어우러져 아름다운 모습을 감상하는 듯하다. '봉지鳳池'란 봉황지鳳凰池로서 당송시기 중서성中書省이 소재했던 곳으로 조정朝廷을 뜻한다. 이 작품의 내용을 살펴보면, 장수가 조정으로 돌아갈 때 전당钱塘의 아름다운 경치를 찬미한 것이다. 작품을 통해서 알 수 있듯이 이 사는 전당의 장수를 만나서 지은 작품으로 유영이 만난 사람은 손하가 아니다. 손하의 자는 한공漢公이며 송 태종 종 돈화 3년宋太宗瀲化3年(公元1004年)으로 44살에 사망하였는데 죽기 2, 3년 전에 양절운수사兩浙轉運使를 지냈다.[2] 손하가 양절당강의 운수사를 지낼 때 유영은 겨우 15세로 고향인 숭안현崇安縣에서 학업 매진할 때였다. 따라서 이들이 죽마고우가 될 수 없을 뿐만 아니라 유영이 항주에 가서 손하를 만날 수도 없었다. 손하의 이력을 살펴볼 때, 재상을 역임한 적도 없다. 그러므로 양식이 이야기하였던 유영이 손하를 만나려고 지은 「망해조」는 신빙성이 없다. 우리는 유영의 생애에 관한 후대 사적에서 강남지역을 여행할 때 항주의 어떠한 장수를 만나 지은 사라고 생각할 수 있다. 또 가기 초초와의 관계를 살펴볼 때 이 사가 그녀의 손에 들어갔을 것이라고 추정할 수 있다. 이 사는 당시 유영의 실의에 빠진 심정을 반영하여, 유영과 기녀간의 밀접한 관계를 설명하고 있다.

2. 유영과 사천향謝天香

원대 희곡가인 관한경關漢卿의 잡극 중 『전대이지총사천향錢大尹智寵謝天香』이라는 연출 부분이 있다. 이 잡극은 유영과 사천향의 이야기를 지은 것이다. 항주杭州의 재인才人 유영은 과거에 응시하기 위하여 집

2) 徐凌云 · 龚德芳, 『柳永「望海潮」非爲孫何而作』, 文學遺産季刊, 1983年 第3期 참조.

을 떠나 변경汴京으로 가는데 명기 사천향을 그리워하는 마음에 점점 과거시험을 볼 생각이 없어졌다. 그 때 친구인 전가錢可가 때마침 개봉開封의 부윤府尹이 되었는데 유영이 그녀에게 빠져 지내는 것을 막기 위하여 거짓으로 사천향을 첩으로 맞이하여 유영이 그녀를 그리워하는 마음을 떼어놓게 된다.

3년이 지나고 유영은 장원壯元이 되어 돌아오는데, 전가錢可는 그때서야 자신의 계획을 설명하고 사천향과 유영이 부부가 되게 맺어준다. 이 이야기의 출처 또한 양식楊湜의 『고금사화古今詞話』에서 다음과 같이 이야기하고 있다.

"유영은 일찍이 강회에서 한 관기를 사랑했는데 헤어질 때 그녀는 집 안에서만 지내며 밖으로 나가지 않고 유영을 기다리겠다고 했다. 그러나 유영은 관사에 가서 오랫동안 돌아오지 않자, 그녀는 마음을 바꾸어 다른 마음을 품었다. 유영은 이 소식을 듣고 기분이 상하였다. 강회에 돌아와서 유영은 「격오동擊梧桐」사를 지어 그녀에게 보내며 말하기를 "깊고 깊게 패인 향기 풍기는 보조개에 요염한 자태, 우아함과 출중한 얼굴은 하늘이 주신 것이라네. 그녀를 알게 된 이후로, 계속 서로 사이가 깊어져, 그녀의 속마음을 이해할 수 있었다네. 이별할 때에 기쁘게 다시 만나기로 약속하며, 반드시 한 평생을 서로에게 허락하기로 했었는데. 또 다시 두려워지는구나, 우리들의 사랑이 쉽게 무너져 이루어지지 못할까봐, 아무래도 수천 가지의 근심걱정을 피할 수 없게 되겠지. / 근래에 온 그의 편지에는 안부 정도일 뿐, 근심어린 말이 없다네. 듣던 대로 다른 여인에게 교화되어 전에 한 말을 가벼이 저버린 것이로구나. 듣자니 난대蘭臺의 송옥은 다재다능하여 사부를 잘 지었다던데. 나를 대신하여 편지를 쓰게하여 물어보고 싶네. 아침저녁으로 지나가는 구름은 또 어디로 흘러 가는지?" 관기는 이 사를 받고 마침내 모든 재산을 배에 싣고 돌아와 일생을 유영과 함께 지냈다."

柳耆卿嘗在江淮倦壹官妓, 臨別以杜門為期. 既來京師, 日久未返. 妓有異圖, 耆卿聞之怏怏. 會朱儒林往江淮, 柳因作「擊梧桐」以奇之曰: 香靨深深,

姿姿媚媚, 雅格奇容天與. 自識伊來, 便好看承, 會得妖嬈心素. 臨歧再約同歡, 定是都把、平生相許. 又恐恩情, 易破難成, 未免千般思慮. / 近日書來, 寒暄而已, 苦沒忉忉言語. 便認得、聽人教當, 擬把前言輕負. 見說蘭臺宋玉[3], 多才多藝善詞賦. 試與問、朝朝暮暮, 行雲何處去. 妓得此詞, 遂負鬼竭產, 泛舟來輦下, 遂終身從耆卿焉. 「격오동擊梧桐」[4]

이와 같이 유영과 사천향의 이야기는 어쩌면 이 사화詞話에서 비롯되었을 것이다. 유영과 강회江淮의 어떤 관기官妓와의 사랑은 비교적 가능성이 있다. 또 「격오동」사의 내용 또한 이별한 후 사랑하는 연인에 대한 그리움으로 고통스러워하는 모습을 표현하였다. 그러나 기술한 강회지역의 관기가 "배에 싣고 돌아와 일생을 유영과 함께했다"(泛舟來輦下, 遂終身從耆卿)라고 한 것은 송대의 현실세계에서 실현 가능성이 없는 것이다. 왜냐하면 관기의 신분은 악적樂籍에 입적되어 자유롭게 행동할 수 없기 때문이다. 만약 "탈적脫籍"을 하려면 반드시 관청의 허락이 있어야 했다. 따라서 사천양의 고사는 더욱 꾸며낸 이야기에 속한다.

3. 유영과 주월선周月仙

송대와 원대의 희곡戲文으로 『유기경시주원강루柳耆卿詩酒翫江樓』[5]와 원대의 화본 『유기경시주원강루기柳耆卿詩酒翫江樓記』[6]가 있다. 명대의

---

3) 蘭臺宋玉: 漢代에 宮內에서 藏書하던 곳으로 御史中丞이 관장했는데, 후세에는 御史臺를 蘭臺라고 하였다. 또 東漢의 班固는 蘭臺令史로 왕의 명령을 받고 歷史를 撰하여서 사관을 이르기를 蘭臺라고 한다. 여기에서는 그녀의 새 主人인 戀人을 비유한 것이다.

4) 宋代, 失名, 『綠窗新話』, 卷上 인용.

5) 『永樂大典』, 卷一三九八.

6) 『清平山堂話本』.

매정조梅鼎祚는 이 이야기에 대하여 다음과 같이 개괄적으로 서술하고 있다.

"주월선은 송대 여항현의 명기이다. 몸가짐에 기품이 있고 요염한 기운이 있어서, 특히 사를 짓는데 뛰어났다. 유영은 동경의 사람으로서 품위있는 자태를 가진 인재였다. 이제 막 25세로 이 마을에 재상으로 부임하여 강루江樓를 만들어 놓고 호수를 감상하고 즐겼다. 매번 월선을 불러 강루에서 노래를 부르게 하였는데 유영은 그녀에게 사심이 있었지만, 주월선은 거부하며 따르지 않았다. 유영은 그녀가 이웃마을의 황원외랑과 연인사이로 매일 밤마다 나룻배를 타고 오고가는 것을 알게 되었다. 이에 유영은 뱃사람에게 그녀를 욕보이게 하라고 명령을 내렸고 그는 유영의 명령을 따랐다. 어느 날 밤, 월선이 홀로 배를 타고 강을 건너려는 것을 보고 뱃사람은 그녀를 강간하였다. 월선은 어쩔 방법이 없어 비통해하며 시의 한 구절을 지었다. "자신의 신세가 기녀이기에 능욕을 당하고도 말할 수 없음이 한탄스럽네. 한탄하네. 밝은 달빛에 돌아가기 때 부끄럽게 배에서 얼룩져 돌아감이 혐오스럽다." 다음 날, 강루에서 연회를 열어 월선에게 술시중을 들라고 왼편에 앉히고 그 옆에 뱃사람을 앉게 했다. 술자리에서 유영은 월선의 시를 노래하자 월선은 부끄러워 수줍어하며 감사를 드리고 유영의 시중을 들었다. 유영은 크게 기뻐하며 시를 지었으니, "아름다운 여인이 스스로 나의 시중을 들지 않았기에 홀로 배를 탄 밤에 능욕을 당했네. 새벽녘의 달과 바람은 버들나무 언덕에 닿아 이 때의 사랑에 대하여 죄를 묻는다." 시가 끝나자 월선은 유영에게 작별을 고하고 돌아갔다. 이때부터 월선은 자주 유영의 한쪽에서 시중을 들었으나 유영은 이로 인해 그의 명성을 떨어뜨렸다."

周月仙者, 宋余杭名妓也. 意態風采, 精神艶冶, 尤工於詞翰. 柳耆卿東京『衆名姬春風吊柳七』 賞析才子, 豐姿灑落, 年甫二十五歲, 來宰兹郡, 造翫江樓於水滸. 每召月仙至樓上歌唱, 柳欲私之, 周拒而不從. 柳訪知與隔渡黃員外情密, 每夜用舟往來, 柳命舟人淫辱之. 舟人聽命.一晚, 見月仙獨下舟渡河, 舟人強淫月仙. 月仙不得已而從之, 惆悵作詩一絕 : "自嘆身為妓, 遭淫不敢言；羞歸明月渡，懶上載花船.”次日，排宴於翫江樓，召月仙佐酒，令舟人在旁. 酒畔，柳歌月仙之詩，月仙惶愧拜謝，與耆卿歡洽. 耆卿大喜，而作詩曰：“佳人不自奉耆卿，卻駕孤舟犯夜行；殘月曉風楊柳岸，肯教辜負此時情!”詩罷，月仙謝耆卿而歸. 自此，日夕常侍耆卿之側. 耆卿亦因此日損其名.[7)]

화본『고금소설古今小說』권12「중명희춘풍조유칠衆名姬春風吊柳七」에서 주월선과의 일을 이야기하고 있는데 위에서 서술한 내용과는 많이 다르다. 그곳에서 이야기하기로는 주월선은 여항현의 관기로 본토의 황수재의 연인이다. 황수재가 매우 가난하여 그녀를 아내로 맞이할 수 없었다. 월선은 이때부터 스스로 손님을 받지 아니하고 매일 밤 강을 건너 수재와 재회하였다. 같은 마을에 있던 유이 원외랑(劉二員外-지주)은 이 사실을 듣고 선주를 매수하여 월선이 밤에 강을 건널 때 그녀를 강간하게 된다. 유이 원외랑는 다음날 월선을 집으로 불러 술을 권하며 부채를 꺼내주었는데 그 위에는 그날 밤 월선이 노래한 절구가 쓰여 있었다. 월선은 어찌할 방도가 없어 그저 유이 원외랑을 순종할 수밖에 없었다. 유영이 여항에 현장으로 임직하고 있을 때, 연회에서 월선이 시중을 드는데 우울해있는 것을 보고 묻자 결국에는 현장에게 사정을 설명하였다. 유영은 월선에게 동정을 느끼고 그녀를 위해 몸값을 내어주고 악적樂籍에서 빼내어 월선과 황수재를 부부로 이어주었다. 따라서 유영과 주월선의 이야기는 송대의 사람들이 기술한 것이 아니라 후대에 사람들이 견강부회한 것이다.

4. 유영과 사옥영謝玉英

---

7) 梅鼎祚,『青泥蓮花記』, 卷十二.

양식의 『고금사화古今詞話』에서 유영이 인종仁宗 황제에게 파면당한 후 “빈곤한 신세로 전락하여 늙어 임종할 때에 자식이 없으므로 유해를 덮어 사찰에 버렸다. 경성의 서쪽에서 기녀가 와서는 조양현棗陽縣의 화산花山에 장사를 지내고 근교의 동산으로 출장出葬하자 여러 사람들이 비아냥거리며 말하기를, “저 늙은이 귀신이 되어서도 음탕스럽구나. 그날 이후 청명절이 돌아오면 유람객들은 무덤 근처에서 거하게 술을 마셨는데 이를 ‘조유칠’(吊柳七)이다”(柳耆卿淪落貧窘, 終老無子, 掩骸僧舍. 京西妓者鳩錢葬於棗陽縣花山. 既出郊原, 有浪子數人戲曰 : ‘這大伯做鬼也愛打哄.”其後遇清明日, 遊人多狎飲墳墓之側, 謂之‘吊柳七’.)[8]라고 하였다. 송대의 증민행(曾敏行) 역시 이야기하기를 “유영은 풍류스러움이 뛰어나 당시에 소문이 나있었다. 그가 죽자 조양현棗陽縣이 화산花山에 장사를 지냈는데, 멀리서 혹은 부근에 사는 사람들이 매번 청명절이 돌아오면 술과 안주를 싣고 와서 유영의 무덤 옆에서 마셨으니 이것을 ‘조유회’(吊柳會)라고 한다.”(柳耆卿風流俊邁, 聞於一時. 既死葬 於棗陽縣花山. 遠近之人, 每遇清明, 多載酒肴, 飲於耆卿墓側, 謂之 ‘吊柳會’)[9]라고 하였다. 화본 『고금소설古今小說』 권20의 「중명희춘풍조유칠衆名姬春風吊柳七」은 이러한 전설에 대한 부연 설명으로 만들어진 것으로 유영과 사옥영의 이야기가 더 첨가되었다. 이야기의 대강은 다음과 같다. 유영이 여항으로 부임할 때, 강주江州(지금의 江西省九江市)를 지날 적에 명기 사옥영을 사랑하여 산과 바다에 맹세하며 「옥녀요선패玉女搖仙佩」를 지어 그녀에게 주었다.

> 선녀 비경飛瓊의 반려자로, 우연히 선녀 궁을 떠나, 아직까지도 신선들의 대열로 돌아가지 못하였다네. 편하게 꾸미고, 평범한 말을 사용하는 아름

8) 陳元靚, 『歲時廣記』, 卷十七 인용.

9) 曾敏行, 『獨醒雜志』, 卷4.

다운 선녀들 얼마나 많았던가. 그녀들을 이름난 꽃에 견주어 보고자 했지만, 주변 사람들이 나에게 어찌 그리 쉽게 얘기를 하느냐고 비웃을까 두려웠다네. 곰곰이 생각해보니, 기이하고 아름다운 화초들은 단지 선홍색과 옅은 흰색뿐인데. 어찌 이렇게 다정한 사람이 인간세상의 온갖 아름다움을 지니고 있는가? / 모름지기 화려한 대청과 아름다운 누각, 휘영청 밝은 달과 맑은 바람이 있는데, 어찌 가는 세월을 가벼이 저버리겠는가? 예로부터 지금까지, 아름다운 사람이 있고 재능이 있는 사람이 있지만, 나이가 같고 두 가지 장점을 모두 갖추는 경우는 드물었다네. 잠시라도 이렇게 함께 붙어 있고 싶구나. 나의 다재다능함을 아끼고 사랑해 주는 마음 견줄만한 것 없다네. 바라건대, 여인이여, 아름답고 우아한 그대의 풍격으로 베갯머리에서 고백하는 나의 깊은 뜻 받아주오. 맹세하네, 이 한평생 결코 원앙이불 혼자 덮지 않을 것을.

飛瓊伴侶, 偶別珠宮, 未返神仙行綴.取次梳妝, 尋常言語, 有得幾多姝麗. 擬把名花比. 恐旁人笑我, 談何容易. 細思算、奇葩豔卉, 惟是深紅淺白而已. 爭如這多情, 占得人間, 千嬌百媚. / 須信畫堂繡閣, 皓月清風, 忍把光陰輕棄. 自古及今、佳人才子, 少得當年雙美. 且恁相偎倚. 未消得、憐我多才多藝.願嬭嬭、蘭心蕙性, 枕前言下, 表余深意. 爲盟誓. 今生斷不孤鴛被.(「옥녀요선패玉女搖仙佩」)

유영이 여항현餘杭縣에 3년의 임직 기간이 다하여 다시 강주로 돌아오자 사옥영은 거상巨商인 손 지주와 호숫가로 뱃놀이를 나갔다. 이에 유영은 화가 머리끝까지 나서 「격오동擊梧桐」이라는 사를 지어 보낸다. 옥영은 집으로 돌아와 이 사를 보고는 스스로 부끄럽고 후회스러워 동경東京으로 가서 유영과 함께 머무르며 부부처럼 생활하였다. 훗날에 유영이 기녀 조향향趙香香의 집에서 죽는데 사옥영과 진사사陳師師, 서동동徐冬冬, 조향향趙香香 등의 기녀들과 함께 돈을 모아 유영을 낙유원樂遊原에 안치한다. 출장하는 날, 성안의 모든 기녀들이 와서는 한바탕 우는 소리가 천지를 진동하였다. 얼마 지나지 않아 사옥영은 너무 슬픈 나머지 죽어 유영의 무덤 옆에 묻게 된다. 이후에 해마다 청명절이 돌아오면 기녀들은 모두 낙유원으로 와서 성묘를 하였는데 이를 "조유칠弔柳七", 또는 "상풍류총上風流塚"이라고 불렀다.

사실 유영은 대를 이을 아들이 없는 것도 아니며 또한 동양東陽 혹은 개봉開封 부근에 안치하지도 않았다.[10] 그와 사옥영의 애간장이 끊어지는 이야기는 훗날 사람들이 억지로 지어낸 전설이기에 더욱 믿을 수 없다.

유영은 생전에 민간의 기녀에 대하여 작사한 사가 매우 많았는데 사회에 널리 유행하여 큰 영향을 끼쳤으며 특히 시민계층의 사랑을 많이 받았다. 이런 부류의 사는 유행되면서 점점 수식을 더하여 더욱 생동감 있는 이야기가 되었으나 그중에는 서로 모순되는 이야기도 있다. 예를 들어 「격오동擊梧桐」 사는 일부는 강회江淮지역의 어떤 관기가 지었다고 하며 일부는 강주 경기 사옥영이 지었다고 한다. 대부분의 수많은 사는 모두 유영이 당시에 유행하던 사보를 가지고 작사하여 기녀에게 연출하게 하였으나 모두가 구체적인 서정의 대상은 아니며 그저 시민의 생활에서 정서를 반영한 것이다. 유영의 작품을 추측해볼 때 그와 기녀 사이에 연정이 있었던 것은 사실이지만 상세한 내용을 알 수가 없다. 후대에 전해지는 소문은 비록 사실이 아니지만 이것으로 볼 때 유영이 민간에서 얼마나 큰 영향을 주었는지 짐작할 수 있다.

특히 유영과 기녀와의 관계는 최초로 송원대 사람들이 관심을 갖기 시작하여 통속문예 중 특히나 사람들이 좋아하는 주제로 사용되었다. 통속문예에서 유영의 유사, 유영의 형상 및 후문에 관한 이야기는 모두 현실세계를 배경으로 하였기 때문에 놀라운 변화를 가져왔다.

---

10) 본 고의 제 2장『柳永後期的生活與創作』참조.

제5장

북송 만사의 선구자

수당隋唐 이후로 중국은 외국과의 문화교류가 광범위하게 이루어졌다. 인도계 음악이 서역을 통해 중국으로 대량 전해졌으며, 이는 중국 음악 발전에 큰 영향을 미쳤다. 이런 외래 음악과 중국 전통 민간 음악이 서로 결합하여 새로운 민속음악을 탄생시켰는데, 당송 시기에는 이를 '연악燕樂'이라고 불렀다. 연燕은 연宴과 같다. 연악은 원래 연회에 사용했던 음악을 가리킨다. 중국 전통 고대 아악雅樂 선율은 비교적 단조롭고 침울했는데 수당이후로는 사람들이 좋아하지 않아서 제사와 조정처럼 엄숙한 장소에서만 사용되었는데, 평소 조정과 사대부의 연회에서 사용되는 음악은 새로운 민간 음악으로 연악이라 불렀다. 또한 당시 민간에서 유행하던 새로운 음악 역시 통틀어 연악이라고 불렀다. 연악의 악곡은 장단이 빠른 급곡자急曲子와 장단이 느린 만곡자慢曲子가 있다. 근대에 돈황석굴에서 발견된 당대 비파악보에는 급곡자와 만곡자가 있다. 『송사宋史』 권142 『악지樂志』 17에는 북송 건흥北宋乾洪(1022년) 이후로 "급곡자와 만곡자가 수천곡에 달한다."고 기재되어 있다. 일반적으로 만곡자는 박자가 느리고 복잡하여 비교적 길다. 송대 왕작王灼은 "당 중엽부터 근체 만곡자가 있었다"(唐)中葉漸有今體慢曲

子)[1]고 한 것을 보면 송대의 만곡慢曲은 당대 중엽부터 시작된 것이라는 것을 알 수 있다.

연악곡燕樂曲은 체제면으로 봤을 때 크게 두 가지로 나눌 수 있다. 하나는 영곡令曲이고 다른 하나는 대곡大曲이다. 영곡은 단독으로 유행하는 독창곡 또는 독주곡이고 대곡은 여러 곡으로 이루어진 대형 악무곡樂舞曲으로 여러 편으로 이루어져 있다. 영곡이든 대곡이든 간에 모두 급곡자와 만곡자가 있다. 만곡자 악보의 가사를 '만사慢詞'라고 한다. 송사의 악보는 송나라가 멸망한 후 전해지지 않기 때문에 악보에 '만慢'이라고 되어있으면 그 곡이 당연히 만사라는 것을 알 수 있다. 예를 들면, 「우중화만雨中花慢」·「석화춘기조만惜花春起早慢」·「성성만聲聲慢」·「목란화만木蘭花慢」·「금당춘만錦堂春慢」·「석주만石州慢」·「화발상원홍만花發狀元紅慢」·「안평악만安平樂慢」·「배성월만拜星月慢」 등이 있다. 하지만 '만慢'이라는 표시가 되어있지 않은 악보는 급곡자인지 만곡자인지 판별하기가 매우 어렵다. 송나라 사람들은 사체詞體에 대해 령令, 인引, 근近, 만慢이라고 분류를 했었다[2]. 이러한 구분은 송 이후의 사람들은 파악하기 힘들기 때문에 명대부터는 『초당시여草堂詩余』에서 사체를 소령小令, 중조中調, 장조長調로 구분하여 전해져온다. 근세 사학자인 왕역王易은 "박자를 운박韻拍으로 구별하여 짧은 것은 령令, 비교적 긴 것은 인근引近, 그것보다 더 긴 것은 만사慢詞 라고 했다"(其節奏以均拍區分, 短著爲令, 梢長則爲引近, 愈長則爲慢詞矣)[3]고 말했다. 사실상 만사와 장조의 개념이 완전히 일치하지는 않는다. 소령, 인, 근 등 사조의 글

1) 王灼, 『碧鷄漫志』 卷5.
2) 張炎, 『詞源』 卷上 『拍眼』에 보인다.
3) 王易, 『詞曲史』, 神州國光社, p.326.

자 수도 비교적 많기 때문에 예를 들면 「육요령六幺令」은 96자, 「승주령勝州令」은 215자, 「미신인迷神引」은 99자, 「검기근劍器近」은 96자에 달하니 장조에 속한다. 하지만 일반적으로 만사는 모두 장조에 속한다.

만사의 창작이 유영에서부터 시작된 것은 아니다. 유영 전에도 소수의 만사가가 있었다. 당대에 유행했던 서북지역 민간의 돈황곡자사敦煌曲子詞에 나타난 「봉귀운鳳歸雲」, 「내가교內家嬌」, 「경배악傾杯樂」 등이 가장 이른 시기의 만사이다. 100자에 달하는 「내가교」를 예로 들면 다음과 같다.

> 두 눈은 가느다란 칼날 끝처럼 빛나며, 온몸은 백옥과 같으니, 풍류 제일의 가인佳人이로다. 철 따라 옷 갈아입고 서울 모양으로 머리를 빗고, 희고 농염함이 아리다운 청춘이라. 궁상의 음질 잘 가려내어 비파를 능란하게 연주하여 노래는 참으로 새롭다. 제멋대로 낙포양대를 말하지만 부질없이 그녀를 견주어도 어림이 없다. / 살며시 교태를 머금고서 천천히 느린 걸음으로 규방 문을 나온다. 비녀가 무거워 마음 내키지 않아 꽂지 않고, 그저 동심결만 천 번이고 꼬면서 만지작거리고, 뜰 안을 오간다. 틀림없이 성왕모의 신선궁전에서 내려와 범인의 세상에 약간 참모습 나타낸 것이라네.
>
> 兩眼如刀, 渾身似玉, 風流第一佳人.及時衣著, 梳頭京樣. 素質豔孋情春. 善別宮商, 能絲調竹, 歌令尖新. 任從說洛浦陽台, 謾將比並無因. / 半含嬌態, 逶迤緩步出閨門. 搔頭重慵懘不插, □□□□. 只把同心, 千遍撚弄, 來往中庭. 應是降王母仙宮, 凡間略現容真.(「내가교內家嬌」)

이 작품은 인물의 형태와 심리를 자세히 묘사하여 민간문예의 통속적인 특징을 갖고 있다.

만당과 오대 이후의 문인들의 사에도 만사가 나타난다. 예를 들어 두목(杜牧)의 「팔육자八六子」는 90자이고, 이존욱李存勗의 「가두歌頭」는 136자, 설소온薛昭蘊의 「이별난離別難」은 87자, 윤악尹鶚의 「금부도金浮圖」는 94

자이다. 이러한 사작품을 통해 작가가 만사의 예술에 대해 아직 제대로 파악하고 있지 못하고 있다는 것을 알 수 있다. 그들은 여전히 소령의 방법으로 만사를 쓰고 있다. 윤악의 「금부도」를 보면 다음과 같다.

> 번화한 지역, 귀공자는 부귀하여, 성대한 연회를 얻고, 오후에 조정을 나와도 할 일이 없네. 빨간 요를 밟고, 봉황이 황금 날개로 춤을 춘다네, 온통 노래와 관악기 소리가 높게 울려 퍼지고, 눈에는 온통 화려한 견직물과 보석이로구나. 온화한 바람에 어렴풋이 움직여 깊은 박달나무 향기를 몰래 퍼트린다. / 취하고 싶은 것을 참을 수 있다네. 봄날의 화창한 날씨가 아름다우니. 목단이 다 피어서 아름다움이 사람의 마음을 미혹시키니, 왕족과 권문세족은 비교도 안 될 것이다. 즐거움에 연연하다보니, 어느새 해가 저무는구나. 만남은 어렵고, 이별은 쉬운 것이 애석하여, 술잔을 재삼 권하며, 억지로 화려한 말고삐 잡아 머물도록 한다네.
>
> 繁華地, 王孫富貴.玳瑁筵開, 下朝無事. 壓紅茵、鳳舞黃金翅. 玉立纖腰, 一片揭天歌吹. 滿目綺羅珠翠. 和風淡蕩, 偷散沈檀氣. / 堪判醉, 韶光正媚. 折盡牡丹, 豔迷人意, 金張許史應難比.貪戀歡娛, 不覺金烏墜. 還惜會難別易, 金船更勸, 勒住花驄轡.(「금부도金浮圖」)

전체 사가 늘어지고 구성에 변화가 부족하다. 이는 윤악尹鶚의 만사가 그의 소령 작품만큼 완숙하지 못하다는 것을 말해준다. 윤악의 소령중에서 예를 들어 "누각 끝에서 호각소리 다시 들려오고, 해질 무렵이 되어 술에 취해 돌아가는구나, 방탕함으로 함께 대화하기 어렵지만, 내일이면 또 가겠지"(樓際角重吹, 黃昏方醉歸, 荒唐難共語, 明日還應去)(「보살만菩薩蠻」), "작은 마음 정향나무 열매 같은데, 자세히 보면 수척해진 가슴 앞의 하얀 눈과 같다네" (寸心恰似丁香結, 看看瘦盡胸前雪)(「발도자拔棹子」)는 아름답고 자연스러워 생동감이 있다.

송대 초기 문인 화현和峴의 「도인導引」, 「육주六州」, 「십이시十二時」는 만사로서 묘당廟堂 문학에 속하니 예술적 가치에 대해서는 거론할 것이 없다. 섭관경聶冠卿은 140자 만사 「다려多麗」가 있는데 술자리와 여행의 즐거움을 쓰고 있으나 뛰어나지는 않다. 유영과 동시대 사인인 장선張先이 쓴 만사가 비교적 많고, 그 중 일부가 꽤 전해진다. 하지만 하경관夏敬觀은 "장선의 사는 당과 오대의 음이 남아 있다. 만사에도 소령의 작법을 많이 사용했다"(子野詞, 凝重古拙, 有唐五代之遺音. 慢詞亦多用小令作法)[4]고 했다.

만곡의 악곡은 소령에 비해 2배 내지는 몇 배가 더 길고, 선율이 복잡하고 변화가 많아 감정을 표현함에 있어 더욱 풍부하다. 만곡 악보는 소령보다 어렵기 때문에 소령의 방법으로 만사를 지으면 만사의 예술적 장점을 표현해 낼 수 없다. 만사의 글자 수는 90자 이상인데 가장 짧은 「복산자만卜算子慢」은 89자이고, 가장 긴 것은 「앵제서鶯啼序」로 240자에 달한다.

만사는 쌍조雙調, 삼중三重, 사중四重으로 나누는데 그 중에는 환두換頭, 쌍예두雙拽頭 등도 있어 체계도 소령에 비해 복잡하다. 따라서 만사를 창작할 때에는 구상, 표현방법, 배치 구성 등에 있어 만사의 예술적 특수한 형식을 표현해야 한다. 유영 전에도 가끔 이러한 예술적 형식을 사용한 사람이 있었으나 그들은 만사의 특징을 아직 파악하지 못했기 때문에 이들은 만사의 예술적 형식을 정복하지 못하였다. 유영의 작품으로 인해 만사라는 예술적 형식 또한 사회적으로 반향을 일으켰고, 만사의 예술적인 장점이 나타났으며 새로운 생명력을 불어넣을 수 있었다. 청대 송상봉宋翔鳳은 "나는 만사의 시작은 유영이라고 생각한다."(余謂慢詞當始耆卿)[5]고 했다. 근세 사학가인 오매吳梅 역시 "북

---

4) 夏敬觀, 『手批張子野詞』, 龍愉生 『唐宋名家詞選』, 中華 962年, p.61 인용.

송의 만사는 확실히 기경으로부터 시작되었으니 대가라 칭하지 않을 수 없다."(惟北宋慢詞確創自耆卿, 不得不推爲大家耳)[6]라고 하였다. 그러므로 문학발전의 의의로 봤을 때, 만사는 북송에서부터 시작되었으며, 유영이 만사의 창시자라고 할 수 있다[7].

유영이 만사를 지을 때 의거한 사조는 주로 북송 건국 50여년 이후 민간에 유행하던 신성新聲으로 그가 민간에서 배운 것 역시 이러한 종류이다. 송초 민간에 유행하던 신성이다. 송초 민간에 유행하던 신성은 여전히 수·당 이후의 연악에 속하지만, 중국 전통 민간음악과 결합하여 기존의 호악성분이 비교적 짙었던 당대 연악과 약간의 차이가 있으며, 중국 전통 고악과는 다르다. 당시 "민간에 신성을 짓는 이가 상당히 많았지만, 교방에서는 사용하지 않았다."(民間作新聲者甚衆, 而教坊不用)[8]라고 했다.

기존의 사상을 고수하던 유학자들에게 있어서 민간의 신성은 고악에 위배되며, 규칙으로 삼기에는 부족했다. 하지만 민간 신성의 출현과 광범위한 유행은 이미 거스를 수 없는 대세가 되었다. 유학자들은 그저 탄식만 할 뿐이었다. 송대의 진양陳暘은 다음과 같이 말했다.

> "당말 속악俗樂이 민간에 널리 퍼졌다. 하지만 정해진 구가 없고, 구에는 정해진 글자가 없으며, 또한 사이에 꾸밈이 많고 아름다운 글귀로 치장하여 민간의 재미있고 은밀한 일들을 노래하고 있다."
>
> 唐宋俗樂, 盛傳民間. 然篇無定句, 句無定字, 又間以優雜荒艷之文, 閭巷諧

---

5) 宋翔鳳, 『樂府余論』.

6) 吳梅, 『詞學通論』, 南務, 民國22年 初版, p.71.

7) 豊嘉化·劉藝中, 『柳永和慢詞』, 『光明日報, 文學遺産』 1958년 1월19일 참조.

8) 『宋史』 卷142, 『樂志』17에서 인용.

陰之事9)

진양이 지적한 바는 연악의, 새로운, 장단구 형식을 배합한 사와 일치한다. 그가 말하는 "정해진 구가 없고, 정해진 글자가 없다"(篇無定句, 句無定字)는 말은 모든 사조가 각각 하나의 격식을 이루어 변화가 많고 듣기 좋다는 것을 뜻한다. 또 내용면에서 "꾸밈이 많고 아름다운 글귀"(優雜荒艷), "민간의 재미있고 은밀한"(閭巷諧陰之事) 것을 담고 있기 때문에 사람들의 흥미를 가지기에 좋은 소재였다.

유영은 교방의 악공과 민간 가기歌妓에 대해 잘 알고 있고 그 역시 음악에 정통했다. 교방 악공이 새로운 악곡을 지으면 유영에게 가사를 부탁했고 이러한 가사들은 수많은 장소에서 연주되고 전해졌다. 유영의 만사 사조의 주요 기원으로 이와 같은 민간의 신성으로 예를 들면, 「황앵아黃鶯兒」, 「망해조望海潮」, 「죽마자竹馬子」, 「금당춘錦堂春」, 「여어수如魚水」, 「설매향雪梅香」, 「합환대合歡帶」 등이 모두 당시 유행하던 만곡자에 속한다. 당대 교방敎坊의 사조詞調를 개작한 것은 유영 만사 사조의 두 번째 기원인데 예를 들면 「야반악夜半樂」, 「이랑신二郎神」, 「봉귀운鳳歸雲」, 「장상사長相思」, 「내가교內家嬌」, 「경배악傾杯樂」 등은 모두 당대 교방 곡명에 보인다. 하지만 이 곡들은 원래의 음악과 달랐으므로 "궁조, 구두가 기존의 곡과 다르다."(宮調, 句讀并非舊曲), 그러니 개작을 통한 것이 분명하다. 만당과 오대 이후 유행한 소령에 대해서도 유영은 가사를 길게 늘이고, 단조를 쌍조나 삼중으로 바꾸거나, 쌍조를 박자나 구수(句數)를 바꾸기도 하였다. 예를 들면, 「여관자女冠子」는 쌍조로 원래는 41자이나 111자로 늘렸고, 「낭도사浪淘沙」는 원래 쌍조에 54

9) 陳暘, 『樂書』 卷157.

자이지만 삼중에 130자로 늘렸다. 또한 「새고塞姑」는 원래 단조에 24자인데 쌍조에 94자로, 「집현병集賢兵」은 쌍조에 59자인데 117자로 늘렸다. 이처럼 유영은 민간의 신성 가사를 바꾸고 기존의 곡을 늘려 많은 만사를 썼으며, 수많은 만사의 사조를 통해 고정시켜 소리는 있으나 가사가 없는 많은 만사는 변화를 거쳐 만사의 형식을 정형화해 나갔다.

『악장집』에 만사의 분량에 대해 일반적으로 70-80%가 만사라고 여기고 있다. 만약 유영이 지은 장조라고 생각한다면 기본적으로 그러하다. 하지만 「채연령采蓮令」, 「미신인迷神引」, 「육현령六玄令」과 같이 령, 인, 근으로 표기된 장조 외에 만사 장조라고 할 수 있는 것은 대략 70조, 100수 정도였으며 그 중 유영의 사가 절반에 달한다. 유영의 만사와 장조가 이처럼 절대적인 위치를 점하고 있는 것은 사의 역사상 전대미문하였으며, 이는 송사의 비약적인 발전이라고 할 수 있으며 만사가 생명력이 왕성한 새로운 예술형식으로 사사詞史에 나타나게 된 것이다.

유영은 왜 만사라는 형식을 사용했을까? 이는 북송의 사회와 문화의 발전과 깊은 관계가 있다. 특히 민간통속문예의 발전과 밀접한 관계가 있다. 유영의 생애와 창작의 길을 통해 우리는 유영의 시대는 신흥 시민 계층이 점차 확대되며, 시민 취향의 민간 문예가 흥성하는 추세로 만사라는 예술형식은 바로 이러한 시기 사람들의 문예적 필요에 부합한 것이라는 사실을 알 수 있다. 만사가 긴 것은 복잡한 사회 현실을 표현할 수 있고, 풍부한 사상과 감정을 표현할 수 있기 때문이다. 또한 만사는 서술과 묘사라는 특징을 갖고 있기 때문에 이미지가 선명하고 통속적이며 이해하기 쉽기 때문에 새로운 음악과 잘 맞아떨어져 연주하거나 부르기 좋았기 때문에 당시 민중들의 사랑을 받는 문예의 형식으로 자리잡을 수 있었던 것이다. 유영은 장기간 도시 생활을 하면서 시민들이 좋아하는 새로운 예술 형식을 발견하고 심취하게 되었으며, 자신의 예술적 재능으로 이를 장악한 것이다. 그는 도시의 번화함과 민간의 풍속을 묘사하고, 신흥시민의 생활정취와 예술인들의 복잡한 사상과 감정을 반영하며, 개인의 다양한 생활 속 느낌을 표현하는 데 주로 만사의 형식을 사용했다. 만사 창작이라는 예술에 있어 유영은 많은 성과를 거두었고, 창시자라는 의미를 지니며, 이후 송대 사인들에게 많은 귀중한 창작물을 남겨 유영의 사를 기반으로 쓴 만사가 많다. 유영의 사를 무시했던 송대 왕작王灼 역시 유영에 대해 다음과 같이 평가했다.

> "유영의 『악장집』은 세간에 많은 사람들이 좋아하였다. 이야기를 서술하는데 여유가 있어 그 이야기를 시작하고 끝나는 가운데 아름다운 언어가 표현되었다. 또 가락을 사용하고 끝나는 가운데 아름다운 언어가 표현되었다. 또 가락을 사용하여 그것을 조화롭게 사용하였으니 비록 저속하더라도 스스로 일가를 이루어 그를 모르는 사람들도 좋아하였다.
>
> 柳耆卿 『樂章集』, 世多愛賞該洽, 序事閑暇, 有首有尾聲, 亦間出佳語, 又能擇聲律諧美者用之. 惟是淺近卑俗, 自成一體, 不知書者尤好之.[10]

송대의 이지의李之儀는 말하기를 "당말에 이르러 소리의 장단구에 따라 그 뜻을 집어넣어 마침내 그것이 한번 변하여 음률이되었다. 무릇 『화간집』에 실린 것을 종주로 삼고 단조인 소령이 많았다. 유영에 이르러서 널리 펼쳐 서술하는 것이 생성되기 시작하였으니 태평성대의 시대를 남김없이 형용하여 천년 전을 마치 그때 다 만난 것 같다."[11]

---

10) 王灼, 『碧鷄漫志』 卷2.

11) 李之儀, 『跋吳師道小詞』, 『姑溪居士文集』 卷40.

(至唐末, 遂因其聲之長短句, 而以意填之, 始一變以成音律. 大抵以『花間集』中所載為宗, 然多小闋. 至柳耆卿, 始鋪敘展衍, 備足無余, 形容盛明, 千載如逢當日.)라고 하였는데, 이것은 유영 사의 예술성에 대해 인정하는 것이며, 주로 만사의 예술성에 대해 말하는 것 이다.

또 청대 풍후馮煦는 "유영은 사에서 구성진 것을 펼치며, 조밀한 부분은 성글어지게 할 수 있으면, 돌출된 부분은 평평하게 할 수 있다. 꺼려지는 부분은 묘사하기 어려운 부분을 경으로 묘사하였고, 표현하기 어려운 부분은 정으로 대신하였으니 자연스러움이 흘러나오므로 이것이 곧 북송의 대가이다."(耆卿詞,曲處能直, 密處能疏, 奡處能平, 狀難狀之景, 達難達之情, 而出之以自然, 自是北宋巨手.)[12] 라고 유영을 평가했다. 근세의 오매吳梅는 "유영의 사는 상세하게 서술했을 뿐이다. 모든 작품에서 사건의 사실을 뚜렷하게 정경은 정교하게 썼으며, 놀랍도록 훌륭한 어휘를 사용하여 모든 사가 생동감이 있으니, 유영의 사가 훌륭한 것은 바로 이 점이다."[13] (余謂柳詞僅工鋪敘而已, 每首中事實必清, 點景必工, 而又有一二警策語, 為全詞生色, 其工處在此也.)이라고 이야기하고 있다.

이상에서 언급한 내용들은 모두 유영의 만사 창작 경험에 대해 개괄적으로 이야기한 것이다. 종합해보자면 수많은 만사 작품과 창작 경험은 유영이 중국 문학사에 남긴 업적이라고 할 수 있다. 유영으로부터 시작하여 송사는 본연의 예술적인 면모가 나타났고, 서서히 발전 궤도를 달리기 시작할 수 있었던 것이다.

---

12) 馮煦,『蒿庵詞論』.
13) 吳梅,『詞學通論』, 南務, 民國22年 初版, p.70.

제6장

유영사의 시대정신

송대의 사람들은 유영의 사를 평가할 때, "태평성대를 형용하였는데 천년 동안의 일을 그날 만나는 것과 같다"(形容盛明, 千載如逢當日)[1], "특히 기려행역羈旅行役에 뛰어났다."(尤工於羈旅行役)[2], "음란하고 요염한 노래의 가사를 지었다"(好爲淫冶謳歌之曲)[3]라고 하였다. 이것은 모두 유영이 사의 제재에 있어 새로운 영역을 개척하였는데 도시 생활, 기려羈旅, 행역行役 및 기녀妓女 사 등을 썼기 때문이다. 이와 같은 제재들은 중국 전통 문학에서 나타난 적이 있었지만 유영은 이러한 제재들에 가공을 통해 새로운 사회적 의미를 부여하였다.

유영의 시대는 북송 사회가 안정되고 생산력이 종진되어 경제적으로 번영하였기에 문화가 고도로 발달한 시대로 양송 사회의 영명한 세상이라고 할 수 있다. 이 시대의 사인들은 사실적인 묘사의 방법과 객관적이며 진실하게 이 시대의 도시 번영과 풍요로운 생활을 묘사하

1) 李之儀, 『跋吳師道小詞』, 『姑谿居士文集』 卷40.
2) 陳振孫, 『直斋書錄解題』, 卷21.
3) 吳曾, 能改斎漫錄』, 卷21.

였다. 가장 훌륭한 것은 작가가 정치세력의 입장에서 황제의 은혜를 입어 아름답게 꾸며대며 태평한 것을 노래한 것이 아니고 통치계층의 개인의 향락적인 허영심의 생활을 묘사하여 부귀의 기세를 표현한 것도 아니며 평민의 진실한 감정에서 출발하여 북송의 도시 생활의 풍속화를 그려냈다는 것이다. 송대의 걸출한 장택단張擇端의 『청명상하도淸明上河圖』의 웅장한 화폭과 같이 유영을 "변경 지역의 성대한 시기의 장면汴京盛時偉觀"이라고 하였다. 이 시기에 경제의 역사적 발전이 없었다면 아마 유영의 사나 장택단의 그림도 없었을 것이다. 오늘날 우리는 유영의 사를 읽을 때 그 시대의 열렬한 기세를 느낄 수 있는데 그것은 바로 북송 사회의 태평과 경제 번영을 찬양한 노래이기 때문이다. 유영은 북송 수도의 아름다운 원소절에 대한 성대한 상황을 다음과 같이 묘사하였다.

> 죽관 소리가 봄의 음률로 변하고, 황제가 있는 곳에 봄의 따스한 기운이 흩뿌려진다. 맑은 햇살에 살짝 따스함이 감돈다. 정월 보름 원소절을 축하하기 위해, 천리 만호에 화려한 등을 길게 늘어놓았네. 온 거리엔 비단 옷의 향기로운 바람 가벼이 지난다. 십리 길에 채색 등이 강수絳樹처럼 불빛으로 넘실거리고, 전설 속 오산鰲山과 같은 꽃등이 우뚝 솟아 있는데, 하늘에서는 퉁소와 북소리가 크게 울려 퍼지네. / 점점 하늘은 물과 같이 맑아지고, 늦은 밤 달빛은 더욱 새 하얗구나. 아름다운 오솔길엔 갓끈을 끊고, 과일을 던지는 젊은 남녀 무수할 것이다. 깊은 밤 촛불 그림자와 꽃그늘 아래에서 젊은이들 때때로 우연한 만남을 갖는다. 태평시절 조야朝野에 기쁨이 넘치고, 백성들은 편안하고 풍요롭다네. 거리낌 없이 아름답게 모이는구나. 이러한 정경 마주하고서, 차마 어찌 홀로 술 깨어 돌아가리오.

懈[4]管變靑律，帝里陽和新布．晴景回輕煦．慶嘉節、當三五．列華燈、千門萬戶．遍九陌、羅綺香風微度．十里然絳樹．鼇山聳，喧天蕭鼓．/ 漸天如水，素月當午．香徑里、絕纓擲果無數．更闌燭影花陰下，少年人、往往奇遇．太平時、朝野多歡民康阜．隨分良聚．堪對此景，爭忍獨醒歸去．(「영신춘迎新春」)

고대 중국에는 관악기로 음률을 정하였다. 전설에 따르면 상고시대에 영륜伶倫은 황제의 명령으로 곤륜산昆侖山 북쪽의 깊은 산골짜기에서 대나무를 취하여 불 수 있는 것을 골라 관악기로 삼았는데 그것이 황종률黃鍾律이 되었다.

청명은 봄을 가리킨다. 유영의 사에서 말하기를, 산골짜기의 관은 청아한 음률을 곡조가 있어서 새 봄이 돌아오면 사람들이 함께 전통의 원소절을 축하하였다. 송대 사람의 서술에 따르면,

"음력 1월 15일은 원소절이다. 황궁 앞에는 한해 전 동지부터 개봉부에서 주관하여 산처럼 높이 솟은 모양의 임시천막에 산붕을 엮어 놓았는데, 선덕루 정면에 세워서 이를 구경하려는 사람들이 이미 어가에 모여들었다. 어가의 양쪽 회랑 밑에는 기이한 기예와 능력을 갖은 사람들, 그리고 춤추고 노래하는 장소들과 다양한 공연들이 즐비하여 떠들썩한 소리가 10여 리 밖까지 들렸다."(月十五日元宵，大內前自歲前冬至後，開封府絞縛山棚，立木正對宣德樓，遊人已集禦街，兩廊下，奇術異能，歌舞百戲，鱗鱗切切，樂聲嘈雜十余裏.)[5]

산붕山棚은 등산燈山으로 혹은 오산鼇山이라 불렀으며 원소절 연등회燈會의 중심이다.

4) 원문의 懈자는 역자가 『全宋史』의 판본에 따라 수정하였다.

5) 陳元靚, 『歲時廣記』 卷10.

"등불 밝힌 산앞은 대공연장으로 가시덤불을 담으로 삼고, 원소절을 관람하는 사람들은 이것을 '극분棘盆'이라고 하였다. 산붕이나 극분 등은 모두 나무로 만들어져 신선이나 부처, 인물, 수레나 말의 모습을 하고 있다. 또 좌우의 상자에 비단을 줄줄이 묶어 놓아 산붕에 우뚝 서있었다. 개봉부의 앞에는 선발된 다양한 예인들이 왕과 함께 음악을 연주하였다. ……극분의 조명은 불빛이 마치 대낮처럼 밝았고 사대부 집 여인 중 구경하는 사람들 중 불러 금잔에 술을 한잔 하사하고 물러나게 했다."(燈山前為大樂場, 編棘為垣, 以節觀者, 謂之棘盆. 山棚上、棘盆中皆以木為仙佛、人物、車馬之像. 開封府奏衙前樂, 選諸絕藝者.……棘盆照耀如同白日, 仕女 觀者, 中貴邀往賜酒一金杯.)[6]

유영은 사에서 원소절의 밤 풍경에 대한 묘사로 북송의 수도 동경에 연등회에 대한 장엄함과 사람들 사이의 기뻐하는 성대한 장면을 나타내었다. "태평성대한 시기, 조정과 시골의 평화로운 사람들의 즐거움을 나타낸다."고 하였는데 사인의 마음에서부터 일어나는 기쁨과 찬미이다. 해마다 3월 1일, 동경의 금명지金明池를 개방하는데 이것 역시 도시 사람들에게는 교외로 유람하며 즐기는 큰 명절 중 하나이다. 유영은 다음과 같이 말하고 있다.

이슬 맺힌 꽃이 물에 비치고, 안개 낀 숲 풀에 초록빛이 어려 있다. 영소靈沼의 물결 따사롭구나. 나무마다 여린 버들 줄기 하늘거리고, 물가엔 채색 아름다운 용의 배가 메여 있다. 천 걸음이나 되는 무지개다리, 들쑥날쑥 기러기 대열처럼 늘어선 기둥은, 물위의 궁전까지 닿아 있네. 금빛 제방을 둘러싸고 수중 극을 하니, 비단 적삼의 아름다운 여인네들 모여들고, 관악기와 현악기 소리가 하늘에 울려 퍼지네. 깨끗이 씻은 듯한 파란 하늘엔 오

6) 孟元老, 『東京夢華錄』 卷6.

색 빛이 감도는 구나. 멀리 내다보니 맑은 물위에 떠있는 전설의 봉래산이 어렴풋 보이는 듯 같구나. / 마침 바라보니, 황제의 수레 행차하시어, 수계의 술을 드시고, 푸른 비취색 물가에서 주연을 베풀어주시는구나. 쌍쌍이 짝지은 배들 채색 노를 저어 내달리고, 우승기를 다투는 모습이 노을처럼 찬란하구나. 즐거움을 다하고, 황제를 찬양하는 노래를 부르며, 이리저리 배회한다. 따로 놀러나 온 아름다운 여인들이 제각기 빛나는 구슬을 던지거나, 비취색 깃털을 다투어 집어 들고는, 멀리 돌아간다네. 점차 운해가 자욱해지며, 아름다운 호수에 해가 기우는구나.

露花倒影, 煙蕪蘸碧, 靈沼波暖. 金柳搖風樹樹, 繫彩舫龍舟遙岸. 千步虹橋, 參差雁齒, 直趨水殿. 繞金堤、曼衍魚龍戲, 簇嬌春羅綺, 喧天絲管. 霽色榮光, 望中似覩, 蓬萊清淺. / 時見鳳輦宸遊, 鸞觴禊飲, 臨翠水、開鎬宴. 兩兩輕舠飛畫楫, 競奪錦標[7]霞爛. 罄歡娛, 歌魚藻, 徘徊宛轉. 別有盈盈遊女, 各委明珠, 爭收翠羽, 相將歸遠. 漸覺雲海沈沈, 洞天日晚.(「파진악破陣樂)」

송대 사람의 저술에 따르면 다음과 같다.

"3월 1일, 동경의 서쪽 순천문順天門 밖에 있는 금명지金明池와 경림원瓊林苑을 열어서, 매일 마차가 연못을 지나가는 의식과 예행연습을 한다. 관리들이 구경을 구경하는 것을 금하였지만 선비 및 백성들도 마음대로 구경할 수 있도록 하였는데 어사대에 방을 붙여도 탄핵을 하지 못하도록 하였다. 연못은 순천문 밖의 북쪽 거리에 있는데, 주위의 길이가 9리 30보 정도 되었다. 연못의 서쪽 직경은 7리가 되었다. 연못의 문 안으로 들어오면 남안에서 서쪽으로 백여 보를 지나면 북쪽을 향해 임수전이 있었다. 마차가 지날 때에 구경하기 위하여 서로 표를 뺏었으며 연회도 이곳에서 베풀었다 .…… 또 서쪽으로 수백 보를 가면 신선교仙橋가 나왔다. 신선교는 남북으로 길이가 수백 보나 되었고, 다리에는 세 개의 아치가 있으며, 붉은 옻칠을

7) 금표錦標: 당송 때 민속놀이 경기로 우승기를 말함. 『東京夢華錄』 권7에 '황제가 임수전臨水殿에 행차하여 우승기 다투는 것을 관람하였다.'고 함.

한 난간이 있었다. 그리고 아래에는 기러기 기둥들을 새워놓고, 다리의 중간 부분이 튀어나와 낙타홍駱駝虹이라고 불렀는데, 마치 하늘에 걸린 무지개와 같은 형상을 하고 있었다. 다리가 끝에는 다섯 번째 어전이 연못의 중심에 있었다. 사방은 벽돌로 담을 쌓았고, 북향을 한 대전이 가운데 있었다. 각각 황제에 휘장을 설치하고 붉은 칠과 밝은 금색의 용상과 하천과 구름에서 노니는 용이 그려진 병풍을 설치하였는데 사람들이 구경하는 것을 막지 않았다. 궁전의 위쪽과 아래쪽의 회랑에는 모두 관박에 쓰이는 돈과 물건, 음식이 있었다. 기예인들이 공연을 하는 곳인 구란, 와사가 좌우에 늘어져 있었다. 다리 위 양쪽에는 질그릇에 돈을 던져두고 관박에 쓰이는 돈 · 물건 · 옷 · 생활용품 등을 걸고 하였다. 이곳은 유람객들이 오가고, 책임지고 덮어두어 서로 바라보았다. 다리의 남쪽에는 영성문欞星門이 있는데, 문 안에 채색의 기루가 마주보고 있었는데 표를 다툴 때마다 음악이 울리고, 기녀들은 그 위에 줄지어 있었다."

三月一日，州西順天門外，開金明池瓊林苑，每日教習車駕上池儀範. 雖禁從士庶許縱賞，禦史臺有榜不得彈核. 池在順天門街北，周圍約九裏三十步，池西直徑七裏許. 入池門內南岸，西去百余步，有西北臨水殿，車駕臨幸，觀爭標錫宴於此.……又西去數百步，乃仙橋，南北約數百步，橋面三虹，朱漆欄楯，下排雁柱，中央隆起，謂之「駱駝虹」，若飛虹之狀. 橋盡處，五殿正在池之中心，四岸石甃，向背大殿，中坐各設禦幄，朱漆明金龍牀，河間雲水，戲龍屏風，不禁遊人. 殿上下回廊皆關撲錢物飲食伎藝人作場，勾肆羅列左右. 橋上兩邊用瓦盆，內擲頭錢，關撲錢物、衣服、動使.遊人還往，荷蓋相望. 橋之南立欞星門，門裏對立彩樓. 每爭標作樂，列妓女於其上.[8]

이것은 도성 백성들이 금명지에서 군사들이 연습하는 수상전의 연기 연습을 관람하는 시끌벅적한 모습에 대한 기록이다. 유영은 이 사와 장택단의 『청명상하도淸明上河圖』[9]는 모두 백성의 눈빛으로 수군水

8) 孟元老, 『東京夢華錄』, 卷7.

9) 「文物考古工作三十年」, 文物出版社, 1979, p.32.

軍이 전쟁에서 승리를 쟁취하는 장관壯觀과 백성들의 유희적인 정경을 묘사하고 있다.

"청명절……한식의 세 번째 명절로 청명이라고 하였다. 일반적으로 새로 만든 무덤은 모두 이날에 성묘를 하였는데 도성 사람들은 교외로 나갔다. 보름 전에 궁궐의 사람들과 수레를 보내어 황릉으로 보내고, 종실 및 남반南班 등 가까운 친척들 역시 각자 모두 능에 찾아가 제사를 지냈다. 시종들은 모두 자줏빛 적삼을 입고, 흰 명주로 만든 삼각자를 썼으며 모두 관청에서 제공하였다. 명절날 역시 궁궐에서 수레와 말을 봉선사奉先寺로 보내어 비빈妃嬪들의 묘에 제사를 지냈다. 그 수레들은 모두 금으로 장식하였고, 비단의 수레 휘장을 하였으며, 비단 편액錦額에 주렴을 드리웠다. 그리고 수를 놓은 햇빛 가리개 단선이 양쪽에서 가로질러 있었고, 엷은 비단에 쌓인 손에 드는 등불이 앞에서 길을 인도하였는데 선비와 백성들은 이를 구경하기 위해서 길을 가득 채웠다. 도성의 여러 성문 근처에는 종이 인쇄물을 팔던 지물포들이 줄지어있었는데 모두 종이를 뭉쳐서 누각 모양을 거리에 만들었다. 사방의 시골은 도시처럼 시끌벅적하였고, 향기로운 나무 아래나 동산 등에서 잔과 접시들을 늘어놓고 서로 술잔을 돌렸다. 도성의 가기들과 무녀들은 그곳에 있는 동산과 정자에 불려갔다가 날이 저물어져야 돌아왔다."

清明節……寒食第三節, 即清明日矣. 凡新墳皆用此日拜掃. 都城人出郊. 禁中前半月發宮人車馬朝陵, 宗室南班近親, 亦分遣詣諸陵墳享祀, 從人皆紫衫白絹三角子青行纏, 皆系官給. 節日亦禁中出車馬, 詣奉先寺道者院祀諸宮人墳, 莫非金裝紺闐, 錦額珠簾, 繡扇雙遮, 紗籠前導. 士庶闐塞諸門, 紙馬鋪皆於當街用紙袞疊成樓閣之狀. 四野如市, 往往就芳樹之下, 或園囿之間, 羅列杯盤, 互相勸酬. 都城之歌兒舞女, 遍滿園亭, 抵暮而歸.[10]

10) 孟元老,『東京夢華錄』, 卷7.

유영의 사에서도 명절 도시와 교외의 성대한 장면에 대하여 묘사하기를

성을 기울게 하고, 좋은 곳을 찾아 맘껏 떠났다. 안장에 무늬 새기고 감색 포장을 한 수레를 교외 산과 들로 달려갔다. 바람은 따뜻하고 성대한 현악과 경쾌한 피리소리, 온 집에 새로운 소리를 경쟁하듯 연주한다.
傾城. 盡尋勝去, 驟雕鞍紺幰山郊坰. 風暖繁弦脆管, 萬家競奏新聲(「목란화만木蘭花慢」)

각 정원의 깊은 곳을 향해, 경쟁하듯 지체되어 보귀한 말에서 내렸다. 맘대로 술잔과 소반을 펼쳐 벌리고, 향기로운 나무로 나아가고, 녹음의 붉은 그림자 아래서, 너울거리며 춤추는 할머니, 노래는 완곡하고 구성졌는데, 마치 황색 꾀꼬리가 예쁘게 노래하고, 제비가 가볍게 춤추는 것 같다네……, 평화롭고 취해서 태평하고, 또한 당대의 요순과 같은 좋은 시절을 공경하고 우르러보네.
向名園深處, 爭泥畫輪, 競羈寶馬. 取次羅列杯盤, 就芳樹、綠陰紅影下. 舞婆娑, 歌宛轉, 仿佛鶯嬌燕姹.……陶陶盡醉太平, 且樂唐虞景化.(「포구악抛毬樂」)

사람들은 최선을 다해 재미와 태평성대의 시기를 즐겼는데 이는 마치 이상속의 원고시기遠古時期에 당우지치唐虞之治를 실현한 것과 같은 모습과 흡사하다. 이러한 사는 사회 활동이 상대적으로 안정되어 있는 모습을 표현하여 사람들의 유쾌한 모습으로 명절을 즐기는 모습을 감상할 수 있다. 작가는 많은 찬송의 사어詞語를 사용하지 않았으며 진솔하게 사회의 태평성대와 경제 번영의 모습을 반영하였다. 사인이 가장 흥미를 갖은 것은 수도의 성색聲色한 유흥거리이다. 즐비한 기루는 도시의 전유물로 사람들은 이곳에서 환락을 쫓았으며 발길이 끊이

지 않았다. 유영은 이러한 풍경을 다음에서 묘사하고 있다.

울긋불긋 만개한 꽃과 여린 잎. 따사로운 빛의 풍경으로 신주神州는 화사하게 멋을 부렸다네. 곳곳의 누대, 붉은 칠을 한 대문과 정원에는 현악기와 관악기의 새로운 소리들이 들끓는다. 마음 가는대로 나온 사람들 자유롭게 뛰어다니고, 아리따운 마차 물의 흐름 같구나. 앞 다투어 꽃을 찾아다니다 돌아오니 날이 저물어 가는구나. 사통팔달의 길, 가까운 곳에서 먼 곳까지 향을 태우고 난 재 가루들이 희미하게 날리네. / 태평성세로다. 소년시절, 봄날의 화려한 경치를 가벼이 저버렸었지. 더구나 아리따운 여인, 초왕이 좋아했다던 가는 허리와 월나라의 여인의 아름다움이 있으니, 어찌 천금을 비웃음에 그치겠는가? 그대 앞에 소매 깃이 눈이 휘날리듯 춤을 추고, 노랫소리가 구름 끝까지 울려 퍼지네. 바라건대, 긴 끈으로 태양을 묶어두고 싶구나! 긴 끈에 맡기고 여유롭게 실컷 마시는데, 누가 취하는 것이 아쉬우리오!

繁紅嫩翠. 豔陽景, 妝點神州明媚. 是處樓臺, 朱門院落, 絃管新聲騰沸. 恣遊人、無限馳驟, 嬌馬車如水. 竟尋芳選勝, 歸來向晚, 起通衢近遠, 香塵細細. / 太平世. 少年時, 忍把韶光輕棄. 況有紅妝, 楚腰越豔[11], 一笑千金何啻. 向尊前、舞袖飄雪, 歌響行雲止. 願長繩、且把飛烏繫.任好從容痛飲, 誰能惜醉.(「장수악長壽樂」)

위에서 묘사한 상황은 나라가 안정되어 태평성대의 시기를 누릴 때 볼 수 있는 현상으로 걱정근심 없는 청년이 방탕한 생활을 하는 모습을 나타내고 있다. 이것은 도시의 번영에서 필연적으로 나타나는 일종의 비정상적인 사회현상이다.

사인의 발자취는 강남의 주요도시를 쫓는데, 역시 인구가 밀집되어

11) 월염越豔: 고대의 미녀인 서시가 월나라 출신이라는 데에서, 월나라 지방의 아름다운 여인을 말할 때 썼던 말.

있고, 경제가 번영하였다. 유영은 사에서 강남지역에 대한 애착과 찬미를 통해 도시의 애달픔을 돌출시켰다. 그 예로 소주(蘇州)를 살펴보면 “오나라 왕의 옛 나라는 오늘날 강산이 의고하여 수려함과 빼어나 사람이 연기같이 많아 번화하고 부유하며”(吳王舊國,今古江山秀異, 人煙繁富)(「영우악永遇樂」)라고 말하고 있고, “금릉의 “맑은 경치는 우보가 단련하기 고요하며, 푸른 물가에 수많은 기루들”(金陵, 晴景吳波练静, 萬家綠水朱樓)(「목란화만木蘭花慢」), 항주에 대해서는 “안개서린 버드나무, 채색한 다리, 바람에 날리는 주렴, 비취색 장막이 있는 이곳에는, 십만이나 되는 가구가 살고 있네…… 시장에는 아름다운 진주 보석들이 즐비하고, 집집마다 아름다운 비단 가득 놓고 호화로움을 견주는구나.”(煙柳畫橋, 風簾翠幕, 參差十萬人家……市列珠玑, 戶盈羅绮, 競豪奢)(「망해조望海潮」)라고 되어있다. 이러한 화려한 도시의 모습은 모두 북송 사회를 배경으로 하고 있다.

유영은 평생동안 매우 불행하였는데 한마디로 말하자면 거듭된 과거 시험의 낙방은 머지않아 파면되어 오래도록 전근을 다니며 말단관리로 생을 마친다. 그는 여전히 현실 세계에 불만을 갖고 있어서 작품 속에서 우울한 자신의 속마음을 비추어 묘사하고 있다. 하지만 작품 전체적으로 시대에 대해서는 애달픔과 사랑하는 마음이 깊어 여러 작품 속에서 당시의 태평성대에 대하여 찬양하였으며, 민간의 현실 사회에 대한 생활을 반영하였다. 이러한 복잡하고 평범한 도시의 쾌락적인 생활은 곧 태평성대한 시기를 지내는 백성들의 안정적이고 부유한 생활을 상대적으로 표현하여 비교적 편안한 생활을 지내는 것을 알 수 있다. 왜냐하면 이 작품에는 어느 정도의 현실성을 갖추고 있어 중국 고대 성당시기 이후 고도로 발전한 물질문명의 정도를 표현하여 조국에 대한 열정과 긍지를 높였다. 그러나 우리는 유영의 사에서 북송사회의 번영을 표현한 것만 알 수 있을 뿐, 은폐된 사회의 모순과 잠재되어 있는 사회의 위기는 살펴볼 수가 없고 대체로 향락주의적인 사상을 선양하고 있음을 알 수 있다.

유영은 명문세가 출신으로 어려서부터 유학儒學 교육을 받았다. 만약 과거의 급제와 벼슬에 순조로웠다면 그는 봉건 통치계층의 주요인물이 되었거나 혹은 전통의 문학가가 되었을 것이다. 그러나 그는 도시 시민 사상의 영향을 받았으며 수차례의 낙방으로 통치 계급에 대한 배척은 반항적인 길로 들어서 도시의 방탕아가 되었다. 유영은 다음 작품 「학충천鶴冲天」에서 "술맛이나 보며 나직이 노래나 부르는 즐거움과 바꿔 버리는 거라네"(忍把浮名, 換了淺斟低唱)이라 하여 전통 사상과 가정교육에 대한 반발을 표현하고 있다. 기생 거리의 방탕한 자제들을 봉건 통치 계층에서 볼 때, 전통의 도덕규범과 거리를 멀리하였고 인재가 못되는 자제들은 봉건 사회에 파괴적인 요소가 되어 사회의 여론과 질책을 받는 것은 당연한 일이었다. 그렇지만 유영은 이러한 시선을 상관하지 않을 뿐 아니라 오히려 영광으로 여기며 만족스러워 하였다. 이러한 사상과 감정은 그의 사에서 여러 차례 드러나고 있다 예를 들면 "젊은 얼굴은 백발로 늙어지니, 높은 관직이 무슨 소용이요? …… 아름다운 안채에 노래와 피리소리가 깊이 드리워지는 곳, 그 곳의 술잔과 꽃 같은 미녀를 잊지 못하네"(紅顏成白發, 極品何為?……畫堂歌管深深處, 難忘酒盞花枝.)(「춘화회春花回」)라고 이야기하고 있다. 또 "술자리엔 웃음소리와 노랫소리가 어울려 울려 퍼지고, 음악에 맞추어 발을 구르네. 술에 취해 돌아갈 때까지 흥에 젖어 술을 따르며 큰 소리로 노래 부르니. 이곳에서는 명예와 이익의 속박에서 벗어나 허송세월을 보낼 수 있다네"(筵上笑歌間發, 舄履交侵.醉鄉歸處, 須盡興、滿酌高吟.向此免、名韁利鎖, 虛費光陰.)(「하운봉夏雲峰」)라고 하였고, 「봉귀운鳳歸雲」에서는

"항상 술에 취해서 꽃에 둘러싸여있다네. …… 인생지사 짧은 순간에 소소한 명성을 가진 관리였도다."(長是因酒沈迷, 被花縈絆 …… 算浮生事, 瞬息光陰, 錙銖名宦.)(「봉귀운鳳歸雲」)라고 묘사하였다. 이상의 작품은 부귀공명을 경멸하고 기녀와 술에 빠져서 교방을 떠나지 못하는 방탕아의 사상은 「전화지傳花枝」 사에서 더욱 집중되어 표현되고 있다. 특히 뛰어난 것은 이 작품의 내용은 봉건시대의 방탕아의 노래로 다음과 같다.

> 평생을 자신하며, 풍류를 즐겼지만, 재능은 있도다. 입으로는 문자 게임에 능숙하고, 새로운 詞를 부르고, 어려운 곡으로도 바꾸며, 운이나 자구를 잘 바꾼다. 잘 꾸미고, 노래 부를 때의 소리를 잘 내니 그야말로 겉으로 드러나는 것이든 안으로 품고 있는 것이든 모두 능하다네. 매번 술을 마시고 노래하는 자리에서 만날 때마다, 사람들은 깨닫게 된다네. 아쉽게도 늙어버렸다는 것을. / 염라대왕이 일찍이 알려주었지, 인생을 살며 번뇌할 필요는 없다고. 좋은 시기에 아름다운 풍경을 맞이하여, 즐거움을 추구하며 웃음을 사니, 단지 이렇게 사랑하는 사람과 잘 살 수 있다면, 백년 십년은 더 살 수 있을 것이라네. 만약, 삶의 기한이 다 되어, 저승사자가 부르면 순순히 따라 가리라. 다만, 간청을 하나 하자면, 소식을 알리는 이가 있으면 내가 왔음을 염라대왕에게 보고해주소서.
>
> 平生自負, 風流才調. 口兒裏、道知張陳趙. 唱新詞, 改難令, 總知顚倒. 解刷扮, 能咲嗽, 表裏都峭. 每遇著、飮席歌筵, 人人盡道. 可惜許老了. / 閻羅大伯曾教來, 道人生、但不須煩惱. 遇良辰, 當美景, 追歡買笑. 賸活取百十年, 只恁厮好. 若限滿、鬼使來追, 待倩箇、掩通著到.

송대로부터 통속 민간 문예의 작가는 사회 하급층을 유랑하며 도시의 방탕한 형식을 표현하였는데 실제로 그들은 진짜 방탕아는 아니었다. 유영은 사에서 통속적인 민간 문예 작가의 사상과 감정을 표현하였으며 더 정확하게 말하자면 자신의 자아를 서술하고 있다. 사는 형식은 통속적으로 심술궂은 언어와 오락적인 필치로 민간 문예 작가의 다재다능한 예술성을 나타내었고 스스로 풍류스러움을 자부하며 매우 실의에 빠진 처지를 표현하였다. 유영은 낙천적이며 대범한 태도로 인생을 대했으며, 전통적인 생활 규범을 멸시하여 불복로不伏老의 정신을 갖추고 있으며 때맞춰 즐기자는 사상을 선양하였다. 이 사는 후대에 원대 산곡의 창작에 큰 영향을 주었으며 저명한 희곡가 관한경關漢卿의 투곡套曲중 『불복노不伏老』는 두드러지는 예로서 "당신이 만일 때려서 나의 이가 빠지고, 입을 비틀고, 다리를 때져 절게 되고, 팔을 부러뜨려도 하늘이 내게 준 못된 버릇은 여전히 고칠 수 없다. 염라대왕이 불러 신과 귀신이 나를 찾아와 묶어 나의 혼이 죽어 황천길로 가기 전에는. 그때가 돼서야 기녀들이 있는 곳으로 가지 않겠지"(你便是落了我牙、歪了我嘴、瘸了我腿、折了我手, 天賜與我這幾般兒歹症候, 尚兀自不肯休. 只除是閻王親自喚, 神鬼自來勾, 三魂歸地府, 七魄喪冥幽. 那其間才不向煙花路兒上走.) 라고 말하고 있다. 유영과 관한경 등 이러한 사람과 기방간의 매우 특수한 관계 속에서 그들의 이와 같은 반전통사상은 하나의 병적 상태의 방식으로 표현되었다. 그것은 실제로 봉건 사회의 하급계층의 지식계층의 비애와 그들이 사회 현상에 대한 불만을 극단적인 정서로 표출하고 있는 것이다.

유영은 원래 공명과 영욕을 따르는 사람으로 과거의 학습과 과장科場의 소식에 과심을 갖고 여러 차례 시험에 응시한다. 그의 사작품에서 공명과 이익을 경시하는 사상은 유영이 시험에 낙방하고 영욕으로 나아갈 길이 없어진 후에 나타난 것이다. 유영은 공명과 영욕을 말고삐와 쇠사슬로 여겼고, 아주 유명한 신하가 되거나 높은 관직에 오르는 것은 아주 사소한 것으로 여겨 "자신을 위해 관직을 버리는 것"(明

代暂遺賢)으로 역사상 종종 나타나는 일로 여겼다. 비록 그는 훗날 생활의 중압감을 이기지 못하여 다시 벼슬길의 시험을 지냈지만, 전기의 사상 감정은 여전히 완강하게 잠재되어 있었기 때문에 관직의 생활에 무료함을 느꼈다. 그러므로 유영의 후기 작품에는 여전히 비정상적인 모순의 정서가 무의식중에 나타나고 있다. 단지, 유영이 관직에 염증을 느낀 것은 도연명과 같은 고상한 선비들처럼 전원생활로 돌아가 은거하고자 함은 아니며 젊은 시절 도시의 방탕한 생활에 대한 미련이 남은 것이다. 그 예로 "생각하면 명성과 이익을 위해 초췌해져 얽매여 있다. 지난 일 되돌아보니, 공연히 슬픈 얼굴에 비참하다."(念利名、憔悴長縈絆.追往事、空慘愁顏.)(「척씨戚氏」), 또 이르기를 "하물며 남의 이목을 끄는 사대부의 수레와 관복, 그리고 호화로운 가옥의 금빛 찬란함이 나에게 있어 어떤 유익함이 있을까? 이 또한 마찬가지로 기력을 쇠해지는 것이로다. 공명과 영욕을 추구하는 것은 어쩌면 좋은 계책은 아닐 것이니. 다만 그런 생황 반주에 맞추어 부르는 노래나 감상하며, 비단 치마폭에 쌓여있음이 더 나으리라."(雖照人軒冕, 潤屋珠金, 於身何益.一種勞心力.圖利祿, 殆非長策.除是恁、點檢笙歌, 訪尋羅綺消得.)(「미범尾犯」)고 이야기하고 있다. 「윤대자輪臺子」에서는 "명예, 이익, 관록을 추구하는 것은 결국 무익하구나. 세월들을 떠올려 보네, 아득히 멀어진 경성의 길. 미인의 아름답고 요염한 모습, 이별 후부터 지금까지 꽃이 피고 버드나무 새싹 돋아나는 봄날에는 상심했도다. 이익과 명예 이끌리자니, 아름다운 풍경을 저버리고 또 어찌 견뎌나갈까?"(干名利祿終無益.念歲歲間阻, 迢迢紫陌.翠蛾嬌艷, 從別後經今, 花開柳拆傷魂魄.利名牽役.又爭忍、把光景抛擲.)(「윤대자輪臺子」)라고 하여 명예와 이익, 관록을 멸시하며 관료가 되어서도 방탕한 생활에 미련을 두어 봉건 전통 사상에 대한 배반감을 표현하고 있다. 이와 같이 우리는 하급의 지식 계층과 비천한 관료가 봉건

사회에서 불우하여 낙담한 심정과 현실에 대한 불만으로 그들의 사회적 의미를 이해할 수 있다. 공명관록의 멸시와 관료 생활에 대한 권태로움에 대하여 그들은 현실 사회에 대한 불만으로 극단적인 정서로 반영하고 있다.

유영의 사에서 가장 반봉건전통의 사상을 갖추고 있는 것은 전통계급층이 지독히 미워하는 것은 "음란한 가사의 노래"(淫冶謳之曲) 이다. 그들은 시민 계급이 사랑에 대한 자유와 개성의 개방적인 사상과 의식에 대한 쟁취를 표현하였다. 그중에는 봉건 사회 가문의 관념, 계급의 관념, 봉건 예교와 전통 도덕규범에 대한 부정을 포함하고 있다. 이러한 작품은 당시의 시민들에게 열렬한 환영을 받았다. 송대 초기 사인은 당오대의 화간사인과 같이 남녀 간의 사랑을 묘사한 작품이 많았으므로 문인 사대부의 고상한 정취에 일치하여 통치 계급의 직접적인 비판을 받지 않았다. 그러나 유영의 작품은 사회와 여론의 책망을 끊임없이 받았는데, 그 원인은 그들이 반봉건의 시민사상의 의식을 표현한 것에 있다. 예를 들어 유영은 이부吏部에서 관직이 오르지 않자 재상인 안수晏殊에게 책망하자, 안수는 유영이 짓지 말아야할 「정풍파定風波」등의 사를 지적하며 규범을 잃었다고 하였다. 「정풍파」 전체 사의 내용은 다음과 같다.

봄이 왔지만 초목은 수심에 잠긴 듯하고, 내 마음 그저 모든 것이 시들하다. 해님은 꽃 끝에 걸리고, 앵무새 버들가지 사이를 나는데, 나는 여태껏 이불 덮고 누워있다네. 화장도 지워지고 머리도 풀어진 채, 종일토록 늘어져 치장하기도 귀찮구나. 어이하나 무정한 사람 한 번 떠난 뒤로는 소식조차 없으니. / 일찍이 이럴 줄 알았더라면, 애초에 말고삐를 왜 묶어 두지 않았던가. 그런 후에 글방에 난 창을 향하여, 촉 지방의 채색 종이와 상아 붓을 가져다주고, 글공부나 하라고 붙잡아 두는 건데. 날 버리지 못하도록 언제나 함께 하면서, 한가히 바느질거리 잡고 그이 곁에 짝할 것을. 나와 함께 지내면서 젊은 시절 허송하지 못하게 할 것을.

自春來、慘綠愁紅, 芳心是事可可. 日上花梢, 鶯穿柳帶, 猶壓香衾臥. 暖酥消, 膩雲嚲, 終日厭厭倦梳裹. 無那. 恨薄情一去, 音書無箇. / 早知恁麼. 悔當初、不把雕鞍鎖. 向雞窗, 只與蠻牋象管, 拘束教吟課. 鎮相隨, 莫拋躲. 針綫閒拈伴伊坐. 和我. 免使年少, 光陰虛過.(「정풍파定風波」)

바야흐로 봄이 오는 것은 사람들에게 가장 기쁜 소식이다. 그러나 작품 속의 어린 부녀자는 지루함과 나태함을 느끼며 해가 중천에 뜨도록 일어나지도 않고 야윈 모습과 머리 단장할 마음도 없음을 형용하고 있는데 이것은 그녀가 버려졌기 때문이다. 전통 시사에서 버림받은 부녀자를 상춘을 주제로 삼은 작품이 적지 않으나 유영의 사에서 나타난 부녀처럼 사랑에 대한 열렬한 구애 역시 매우 드문 일이다. 한가로이 바느질 잡고 글공부 하는 남편 곁에서 짝지어 그림자처럼 떨어지지 않는 것은 그녀에게 있어 행복하고 즐거운 일으로 만족함에 청춘이 헛되지 않았던 것이다. 실제로 중국 고대 사회에서 수많은 부녀들은 검소하고 가장 합리적인 형상으로 안수 등의 사대부가 보았을 때 오히려 대담하게 느껴졌다. 요컨대 남자들은 부녀자들은 "글의 배우고 읽는 것에 대한 속박"(拘束教唫課), "한가히 바느질거리 잡고 그이 곁에 짝할 것"(針綫閒拈伴伊坐) 등 이러한 것은 부녀자의 도리와 예교에 어긋난다고 여겼기 때문이다. 그러나 시민 계급의 관점에서 볼 때, 유영의 사에는 적지 않게 애정생활을 대담하게 묘사하거나 어떠한 것은 색정에 가깝게 묘사하고 있다. 예를 들면, "깊은 방에서 연회가 끝나자 주렴은 조용히 아래로 내려지고, 향기로운 이불을 덮자 마음속이 만족해져 한없이 기쁨과 즐거움이 느껴지네. 구리 향로에서 사향의 푸른 연기가 피어오르고, 봉황새 수놓은 휘장 위로 촛불의 붉은 그림자 흔들리네, 술기운 타고 마음은 한없이 제멋대로 움직이니"(洞房飮散簾帷靜. 擁香衾、歡心稱. 金爐麝嫋青煙, 鳳帳燭搖紅影. 無限狂心乘酒興)(「주야악晝夜樂」). 또 "바라 건데, 여인이여, 아름답고 우아한 그대의 풍격으로 베게머리에서 고백하는 나의 깊은 뜻 받아주오. 맹세하네, 이 한평생 결코 원앙이불 혼자 덮지 않을 것을"(願嬭嬭、蘭心蕙性, 枕前言下, 表余深意. 爲盟誓. 今生斷不孤鴛被.)(「옥녀요선패玉女搖仙佩」)이라고 서술하였고 "잠시 하던 바느질을 그만두고 비단 치마 벗고는 정에 맡기는데 끝이 없구나."(須臾放了殘針線. 脫羅裳、恣情無限.)(「국화신菊花新」)라고 묘사하였다. 이러한 것은 통치 계급의 시각에 "음란하고 염세적이며 거짓되고 화려하다"(淫艳虛華)라고 하여 봉건예교를 더욱 해롭게 한다고 여겼다.

유영은 사에서 재차 사랑에 대한 집착을 표현하였는데 예를 들어 "허리띠 점차 헐거워져도 끝내 후회하지 않네, 그녀를 위해서는 초췌해질 수도 있네."(衣帶漸寬終不悔, 為伊消得人憔悴)(「봉서오鳳栖梧」), "풍류 즐기니 창자와 배가 튼튼하지 못해 그대 때문에 그만 끊어질까 두렵네."(風流腸肚不堅牢, 只恐被伊牽引斷)(「목란화령木蘭花令」)라고 하였다. 이 풍류재자風流才子는 비록 화류계에서 놀며 쾌락을 좇았지만 한편으로는 민간의 가기와의 진실된 사랑도 살펴볼 수 있다. 예를 들어 「위지배尉遲杯」의 사에서 이야기하고 있다.

> 아름다운 여인을 총애하였네. 저잣거리의 여인들은 모두 비교가 되지 않을 정도이지. 선천적으로 고운 얼굴, 아름다운 눈썹에는 색채 화장의 힘을 빌리지 않았다네. 반짝반짝 빛나는 눈망울. 아름다운 자태가 뿜어져 나오고, 말하려고 하면 먼저 아양부터 나오지. 달 밝은 밤이나 꽃피는 아침, 이렇게 아름다운 때에 서로 만나니, 절로 서로의 재능을 아끼게 되어 정이 깊어지는구나. / 쌍쌍이 어우러진 봉황 베게와 원앙이불. 깊고 깊은 곳에서 서로의 몸을 맡기네. 어려움이 극에 달하면, 즐거움이 남고, 연꽃 장막이

따뜻해지니, 사람을 놀리는 또 다른 맛이로구나. 풍류를 알고, 재능 있는 사람과 아름다운 사람이 만나기는 어려운법. 생이 다해지더라도 맹세하리. 서로 즐거움을 나누며 평생을 함께하고 연리지처럼 떨어지지 않을 것을.

寵佳麗. 算九衢紅粉皆難比. 天然嫩臉修蛾, 不假施朱描翠. 盈盈秋水. 恣雅態、欲語先嬌媚. 每相逢、月夕花朝, 自有憐才深意. / 綢繆鳳枕鴛被. 深深處、瓊枝玉樹相倚. 困極歡餘, 芙蓉帳暖, 別是惱人情味. 風流事、難逢雙美. 況已斷、香雲爲盟誓. 且相將、共樂平生, 未肯輕分連理.(「위지배尉遲杯」)

한적한 창가 촛불은 희미하고, 외로운 휘장에 밤은 길어 베개에 비스듬히 기대고 있으니 잠이 오질 안는구나. 하나하나 손가락을 꼽아 헤아려본다, 지나간 일 비록 아름다웠지만 헤아려보니 내 평생의 깊은 정을 아직 다하지 못하였다네. 지금에 이르러 온갖 후회를 하게 되고. 공허하고 초췌해지기만 한다. 좋은 풍경 좋은 시간을 대하고도 눈살을 찌푸리게 되니, 무슨 맛이 되리오. / 빨간 요에 청록 이불에서, 그 때 일들을 하나하나 떠올리니 눈물만 흐르는구나. 어찌 과거에만 기대리. 당신이 아름다운 의자에 포근히 기대어, 해가 높이 떴는데도 잠을 자고 있는 것과 같을 것이네. 당신이라도 분명 나처럼 번뇌 속에 있겠지. 또 어찌 이전과 같을 수 있으리, 담담히 서로 바라보며, 이렇게 걱정하고 있는 것을 모면한다네.

閒窗燭暗, 孤幃夜永, 攲枕難成寐. 細屈指尋思, 舊事前歡, 都來未盡, 平生深意. 到得如今, 萬般追悔. 空只添憔悴. 對好景良辰, 皺著眉兒, 成甚滋味. / 紅茵翠被. 當時事、一一堪垂淚. 怎生得依前, 似恁偎香倚暖, 抱著日高猶睡. 算得伊家, 也應隨分, 煩惱心兒裏. 又爭似從前, 淡淡相看, 免恁牽繫.(「만권주慢卷紬」)

이 작품속의 부녀자와 연인의 우연한 만남은 자유로운 연애에 대한 희망으로 나타났고 또한 순결의 관념에 대한 망설임조차 없다. 그러나 그들의 사랑은 확고한 기초가 없음으로 그저 일반 남녀 사이에서 사통하는 행위로 여겨졌기에 결국에는 어쩔 수 없이 헤어질 수밖에 없었다. 이별 후, 양측은 모두 마음이 복잡하지만 특히 괴로운 것은 여성이었다. 그녀는 하루 종일 근심에 잠겨 아름다운 외모도 초췌해져서 간절히 지난날의 즐거웠던 일을 회상하지만 곧 당시에 자신의 열정과 경솔함을 후회한다. 가령 앞부분의 "서로 담담히 바라보며"(淡淡相看)의 구절은 오늘 날의 근심이 아님으로 이것이 가장 침통한 이별의 말이다. 또 유영의 사에서 열애중인 여인의 침통한 그리움의 심정을 나타내고 있는 것으로 다음의 사를 살펴보자.

> 만 가지 한과 천 가지 걱정이 젊은이의 속마음에 얽히고 설켜 있다네. 이내 다 꾸지 못한 꿈에서 깨어나고, 술에서도 깨어나니, 고독한 여관, 밤은 길어 무미하구나. 애석하도다! 베개에서의 많은 의미들이 지금에 와서는 두 사람에게 끝도 시작도 없음이. 나 홀로 잠 못 이루니 초췌해지는구나. / 슬픔이 더해지니 앞으로 어찌하리. 공허이 당신만을 생각하고 있으니, 힘이 빠지네. 아무도 없는 곳에서 그리워하며 몇 번이고 눈물을 흘린다. 이 정도밖에 안 되는 작은 일인데도 어찌 이렇게 떨쳐버리기 힘든 것인지 이해할 수 없다네. 끝까지 기다렸다 당신과 만나게 된다면 어찌하면 좋을지 물어보리라.
>
> 萬恨千愁, 將年少、衷腸牽繫. 殘夢斷、酒醒孤館, 夜長無味. 可惜許枕前多少意, 到如今兩總無終始. 獨自箇、贏得不成眠, 成憔悴. / 添傷感, 將何計. 空只恁, 厭厭地. 無人處思量, 幾度垂淚. 不會得都來些子事, 甚恁底死難拚棄. 待到頭、終久問伊看, 如何是.(「만강홍滿江紅」)

이 작품은 우롱당하여 버려진 여인에 관한 것이다. 그러나 그녀는 스스로 아픈 사랑에서 빠져 나오지 못하고 있다. 가장 불행한 것은 여인은 아직도 애인이 마음을 돌려 돌아오기를 기대하고 있는 것으로 분명한 현실의 상황을 받아들이지 않고 있다. 유영은 여성의 복잡한 심리와 미묘한 감정을 드러내어 묘사하였다. 그녀의 유치한 미혹은 더욱 감정에 진실함과 순결을 표현하였으며 애인에게 불행하게 버려진 것은 사람들로 하여금 동정을 일으킨다.

민간의 기녀는 대부분이 가난한 집안의 여인이다. 그들은 어려서 팔려오거나 혹은 천재지변이나 사고로 자신을 팔아 기루로 오게 되어 몸으로 노예가 되어 창기에 입적하게 되었다. 그녀들은 가무를 익히는 것을 강요당하고 자신의 신체에 대한 자유를 잃어버리며 특수한 법률의 속박을 받게 되어 천민의 비천한 사회적 신분에서 벗어나지 못한다. 이러한 사회적 신분은 운명처럼 그녀들을 비극적인 운명으로 정해놓았다. 통치 계급에서 볼 때, 그녀들은 태생부터 비천한 것이었다. 그러나 유영은 그녀들의 고상한 품격과 순결한 영혼을 발견하였으며, 그 중 수많은 사람들은 창기의 생활에 어울리지 않았다. 그 예로 사에서 다음과 같이 이야기하고 있다.

> 세간의 절색미인은 내 마음속 여인. 여리고 가냘픈 허리. 아름다운 휘장에서 잠을 깨어 화장을 하니, 술의 색처럼 곱고, 불그스레한 얼굴엔 살구꽃 핀 봄이 왔구나. / 아리따운 여인 고운 비단 부채 들고, 붉은 입술가리며 부드럽게 미소 짓는다. 심성이 곱고, 단아하며 품위가 있으니, 때 묻은 여인들과는 다르다네.
>
> 世間尤物意中人. 輕細好腰身. 香帏睡起, 發妝酒釅, 紅臉杏花春. / 嬌多愛把齊纨扇, 和笑掩朱唇. 心性溫柔, 品流詳雅, 不稱在風塵.(「소년유少年游」)

유영은 기녀의 풍류와 고상함을 잘 묘사하였는데 창기의 악습에 대하여 이야기하고 있지 않다. 그녀에 대한 칭찬은 현실에서 봉건사회에 대한 천민 기녀에게 존재하는 천시의 관념을 부정하였으며 그녀들의 인격을 존중해야함을 의미하고 있다. 창기의 생활을 하는 기녀들은 자진해서 하루 종일 환락이나 노래하고 춤추며 술을 따르는 생활을 하고 있는 것이 아니기 때문이다. 그녀들은 고되고 슬픔과 괴로움을 가득하여 사람들은 이제까지 그녀들을 불구덩이에 몰아넣었다. 그녀들은 항상 창기에서 탈적되어 창기의 세계에서 빠져나와 정상적인 규수와 같이 합법적인 결혼과 가정의 행복을 위하여 마땅히 한 사람으로서 갖는 생활의 권리를 누리기를 희망하였다. 유영은 반복하여 그녀들의 이와 같은 열정과 도리에 맞는 바람을 표현하였다.

> 겨우 15살이 지나, 처음 머리를 풍성하게 말아 올리니, 춤과 노래를 배우게 된다네. 연회 자리 높으신 분들 앞에서, 왕족 자제들과 서로 호응을 맞추고, 한 번의 웃음으로 화답하며, 천금도 대수롭지 않게 본다. 다만 아름다움이 쉽게 시들어지고 세월이 빨리 가버리는 것이 두려울 뿐이라네. / 이미 군자의 관심을 받았으니, 꽃에게 주인이 되어주오. 저 만리 되는 하늘 끝까지 손잡고 함께 돌아간들 어떠하리. 기루의 동료들도 영원히 버려버리리. 남들에게 내가 아침저녁으로 손님 맞았다는 것을 알아보지 못하도록 할 것이라네.
>
> 纔過笄年，初綰雲鬟，便學歌舞. 席上尊前，王孫隨分相許. 算等閒、酬一笑，便千金慵覷. 常祇恐、容易蕣華偷換，光陰虛度. / 已受君恩顧. 好與花爲主. 萬里丹霄，何妨攜手同歸去. 永棄卻、煙花伴侶. 免教人見妾，朝雲暮雨. (「미선인迷仙引」)

중국 고대에 여자들은 15세가 되면 비녀로 머리를 올렸는데 이것을 '계년笄年'이라 하였으며, 성년이 되었다는 표시이다. 사에서 기녀는 이제 막 계년을 지났음으로 가무를 연습했다. 가무장歌舞場의 그녀는 영예와 향락에 연연하지 않으며 오히려 청춘은 순화蕣花와 같아 오래 가지 못한다는 것을 분명하게 알고 있다. 순화는 목근화木槿花로 아침에 피어나 저녁에 꽃이 떨어지는 것으로 부녀의 청춘이 쉽게 사라짐을 상징하고 있다. 그녀는 새로 사귀는 남자가 기생의 생활에서 구해

내 주어 자유로운 세상에서 행복하게 살기를 희망하고 있다. 이것은 사에서 작가가 그녀들의 선량한 소망을 대신하였을 뿐이다. 봉건 계급사회의 현실 속에서 가능성은 매우 막연한 것이다. 그렇지만 유영은 그와 기녀 사이의 감정을 진심으로 표현하여 그가 가장 사랑했던 기녀 총총匆匆에게 지어준 사에서 그녀와 정상적인 혼인의 배우자이기를 소망하였다. 유영은 다음과 같이 이야기하고 있다.

"설령 기회를 봐서 남몰래 밀회한다 하여도 결국은 한 순간뿐이라네. 어찌됐든 부부가 백년해로해야 하니 찌푸린 눈썹과 고통스러운 얼굴 펴고 소리 내어 울지 않겠네. 지금은 비록 잠시 즐거운 연회에서 만날 기회지만, 예전의 맹세는 그대로니 다시 근심에 젖을 필요가 없다. 진실로 그대를 청루에서 집으로 돌아오도록 할 때, 그때야 내가 일편단심이라는 것을 믿어주겠지."(縱然偷期暗會，長是匆匆．爭似和鳴偕老，免教斂翠啼紅．眼前時、暫疏歡宴，盟言在、更莫忡忡．待作真個宅院，方信有初終.)(「집현빈集賢賓」)

비록 사건과 소망은 이루어지지 않았지만 유영은 이와 같이 대담하게 표현하였음으로 매우 귀중한 것이다. 현실생활에서 기녀의 운명은 처량하고 비참하다. 유영은 이러한 점을 깊이 알고 있기 때문에 작품에서 이러한 생활의 진실을 회피하지 않았는데, 다음은 유영의 소령을 살펴보자.

일생이 처량하게 되었다네. 이전의 일들을 생각해보니, 남모르게 마음이 아파온다네. 좋은 날 아름다운 밤, 깊은 병풍 향기로운 이불을 어찌 서로 모질게 잊을 수 있을까. / 귀공자님은 종종 일 년 내내 돌아가 버리고는, 그곳에 미련을 두는데, 무슨 이득이라도 있나요. 과거의 만 가지 천 가지 일들에서 당신이 준 사랑의 크기를 반복해서 추측해봅니다.

一生贏得是淒涼．追前事、暗心傷．好天良夜，深屏香被，爭忍便相忘．/

王孫動是經年去, 貪迷戀、有何長. 萬種千般, 把伊情分, 顛倒盡猜量.(「소년유少年游」)

민간 기녀가 재주를 파는 것이 주류를 이룬다. 송대의 금영金盈의 말에 따르면 "한가로운 날 금연지金蓮池의 장막아래 군중이 몰려있는데 각자 다 재능이 있다. 그것을 보러 온 사람들은 모두 명문가의 자제들인 귀공자들인데 그중 요염한 자가 눈에 들어오면 연기가 끝나기를 기다렸다가 그 집을 방문하여 모여 연회에 합류한다."(暇日群聚金蓮棚中, 各呈本事. 來觀之者皆五陵年少及豪貴子弟, 就中有妖艷入眼者, 俟散訪其家而宴集焉.)라고 이야기하고 있다. 유영은 기녀에게 사를 주어 암시하고 있다. "만약 공자에게 천금을 집어 준다며 오직 채색 입힌 누각 동쪽에서 사네."(王孙若拟赠千金, 只在画楼东畔住), "앉아서 연기를 보던 젊은이들은 몰래 넋을 잃고, 다투어 푸른 제비같은 그녀에게 집은 어디에 있냐고 묻네."(坐中年少暗消魂, 争问青鸾家远近)(「목란화木蘭花」)

그녀는 재주를 파는데 우연히 명문가의 자제를 흠모하여 그 집에 가게 되었다. 비록 그들이 돈을 물 쓰듯이 하였으나 진실된 사랑을 받기란 쉽지 않았다. 왜냐하면 기녀들은 이러한 환경에서야 선택과 자유의 희망을 구할 수 있었기 때문이다. 오직 사회적 지위는 대게 쉽게 믿음을 주어 불행을 초래하게 하였다. 유영의 「소년유」사에서 기녀가 끊임없이 속임을 당한 후의 감정을 묘사하고 있다. "일생이 처량하게 되었다네."(一生贏得是淒涼.) 그녀는 여전히 소녀 시절의 마음으로 거친 을 당하는데 수많은 사람들이 모두 비참하게 죽어갔다. 우리가 가장 유영의 사에서 주의 깊게 살펴 볼 것은 기녀의 죽음을 애도하는 2수의 사이다.

붙잡아 둘 수 없구나. 세월이 재촉하니, 어쩔 수 없이 향기로운 난초가 시들어 지고, 아름다운 꽃이 떨어지는 것이, 다만, 삽시간의 일이로구나. 여러 빛깔로 아롱진 고운 구름이 쉽사리 흩어져버리고 채색 유리도 쉽게 부서져버린다는 말이 사실이라는 듯 증명해주네. / 바람 부는 달 밝은 밤, 옛 종적들이 남아 있는 곳. 차마 추억을 떠올리지 못하겠구나. 이번에 멀리 사라져버리니 영원히 만날 수 없는 하늘 끝으로 떨어져 버렸다네. 신선의 섬으로 향하였을까, 어두운 황천의 길로 돌아간 것일까, 둘 다 소식을 알 수 없구나.

留不得. 光陰催促, 奈芳蘭歇, 好花謝, 惟頃刻. 彩雲易散琉璃脆, 驗前事端的. / 風月夜, 幾處前蹤舊迹. 忍思憶. 這回望斷, 永作終天隔. 向仙島, 歸冥路, 兩無消息.(「추예향인秋蕊香引」)

그녀들의 운명은 마치 아름다운 무지개와 같이 쉽게 흩어져가고 사라져 버리는 봄날 구름의 운명처럼 박명하였다. 만약 이 사에 애도하는 기녀의 특징을 아직 발견하지 못했다면 다음 「이별난離別難」사에서 분명하게 표현하여 드러내고 있음을 알 수 있다.

꽃이 떨어지고 물이 흐르듯 눈깜짝할 사이로구나, 아, 젊은 세월이여. 고상하고 우아한 인품은 선천적으로 타고난 것이고. 아름다운 용모는 어찌 천금에 견주겠는가. 다만 무슨 원인으로 쇠약해져 병마에 시달리며, 이겨내지 못하였을까. 신선이 만든 오색 영단도 신통한 효과를 보지 못 한 채, 도중에 자신이 쓰던 것들을 저버리고 떠나갔다네. / 사람은 은밀히 떠나가니, 밤은 더욱 침울해진다. 닫힌 규방, 버려진 원앙이불. 아름다운 혼령 멀리가지 못하게 하려고 홍도洪都의 법사에게 부탁하여도 찾기가 어렵구나. 가장 힘든 것은, 아름다운 풍경의 좋은 날 가기가 앞에서 웃고 있어도, 공허히 그대가 남긴 웃음과 목소리만 그리게 되네. 저 멀리 사라져가는 곳, 까마득하게 먼 무산의 열 두 산봉우리에는 천고의 황혼 구름이 깊이 끼어 있다네.

花謝水流倏忽, 嗟年少光陰. 有天然、蕙質蘭心. 美韶容、何啻值千金. 便

因甚、翠弱紅衰, 纏綿香體, 都不勝任. 算神仙、五色靈丹無驗, 中路委瓶簪. / 人悄悄, 夜沈沈. 閉香閨、永棄鴛衾.想嬌魂媚魄非遠, 縱洪都方士也難尋. 最苦是、好景良天, 尊前歌笑, 空想遺音. 望斷處, 杳杳巫峰十二[12], 千古暮雲深.(「이별난離別難」)

여기서는 진심을 다하여 천한 신분의 가기를 추모하였는데 전통 문학에서 쉽게 살펴볼 수 없는 것으로 당송사중에서도 귀하게 여겨진다. 그녀들의 추모는 실제로 그네들의 불행한 일생을 동정하며 사회에 피눈물로 고발하고 있다. 그녀들은 참담하고 냉정한 봉건제도에서 착취당하였다.

이상의 사에서 유영은 민간 기녀를 사람됨의 가치를 살펴보았으며 진실되게 그녀들의 소망과 고통을 반영하였다. 여기서 우리는 유영은 당시에 왜 기녀들에게 열렬히 환대를 받았으며, 왜 그녀들은 특히나 유영의 사를 즐겨 불렀고, 유영의 뒤에 수많은 기녀들과 유영의 풍문이 엮여 있었는지 더욱 깊이 이해할 수 있었다.

위에서 기술한 것으로 알 수 있듯이 도시 민중의 관점은 비교적 객관적으로 북송 사회의 태평성대와 경제 번영을 찬양하였다. 봉건 통치 계급의 배신자에 대한 공명과 영화를 멸시하는 사상과 방탕한 생활 태도는 전통 사상과 봉건 예교에 대한 풍자와 비판하였다. 인도주의적으로 사회 하급계층의 부녀를 동정하였으며 특히 천민인 가기의 고통을 외쳤다. 이러한 것은 유영의 기본적인 사상의 내용이다. 그의

---

12) 巫峰十二: 즉, 巫山에 있는 열두 개의 봉우리를 가리킴. 초나라 懷王이 高唐을 거닐다 잠이 들었는데, 꿈에서 巫山에사는 선녀와 놀았다는 典故를 은근히 사용하였음. 여기에서 巫山 선녀는 '아침에는 구름, 저녁에는 비'되어 예측할 수 없는 것으로 이미 떠나간 여인을 비유하는 말로 쓰임.

작품은 새로운 시민 계층의 사상 의식의 영향을 받아 체현되었음으로 일정한 현실성과 민중성을 갖추고 있는데 이것이 곧 유영 사의 사회적 의의이다. 이와 같이 유영 사의 사상적 내용은 역사적 한계가 없지 않으나, 오늘날 기본적으로 긍정적인 지지를 얻고 있다.

제7장

유영사의 예술세계

유영의 사는 예술방면에서 두드러진 성취가 있었다. 그의 사는 언어, 표현수법, 예술적 구조등 이러한 방면에 모두 새로운 경지를 만들어 내어 송사가 발전하는 데에 긍정적인 영향을 끼쳤다.

언어는 문학의 유일한 도구다. 유영사의 언어를 당오대 시기 문인사와 비교하면, 농후한 민간문학적인 언어특색을 갖고 있다. 그것은 대개 조탁하지 않고 경전을 인용치 않으므로, 자연히 경전의 그 뜻이 깊지 않은 것 같으나, "세밀하지만 따분하고 명백하지만 평범하다.(細密妥溜, 明白而家常)"[1]와 같은 효과가 있다. 이것은 송사 가운데 홀로 한 격을 갖춘 것이다.

민간의 백화와 구어를 자연스럽게 가사에 사용하여, 통속적이고 쉽게 이해하도록 한 것은 유영사의 언어에 두드러진 특징이다. 이런 이유로 해서 유영사는 하층의 시민들에게 환영을 받았고, 의미를 알아들을 수 있으니 글자를 모르는 민중들도 그의 가사를 좋아하였다. 민간의 저속한 언어를 잘 사용하는 것은 쉬운 일이 아니라서, 반드시 말

1) 劉熙載, 『藝概』 卷4.

을 선택하고 다듬고 덧붙이는 작업을 거쳐야 하며 또한 그것으로 일정한 틀을 만들어내야만 비로소 문학적 언어가 될 수 있는 것이다. 저속한 말을 남용하여 가사에 집어넣는 것을 피하고 잘 바로잡지 않으면, 오히려 군더더기만 쌓는 결과를 가져올 것이다. 이렇게 속된 것으로서 결점이 되어 작품의 예술적인 조화를 깨뜨리게 되면, 유영 이후에 곧 출현하는 황정견의 통속사처럼 심지어 끊어 읽기도 할 수 없을 정도가 되어 버릴 수 있다. 이러한 면에서, 유영은 저속한 언어를 자유자재로 쓰는 수준높은 예술을 표현하였다고 볼 수 있다.

그는 항상 간단한 일상적 말을 가지고 주인공의 내면의 세계를 서정적으로 드러낼 수 있었다. 예를 들면, "밤낮으로 그대를 그리며, 그런 사랑 때문에 헛되이 수척해만 간다네." (朝思暮想, 自家空恁添清瘦)(「경배악傾杯樂」) 이것은 희망이 없는 애정에서 비롯된 그리움의 쓰라림을 표현하였는데, 단지 공허함이 커질수록 자신은 더욱 야위어 감을 나타내었다. "설사 서로 다시 만난다 하여도, 역시 옛 시절만 하겠습니까?" (假使重相見, 還得似, 舊時麽)(「학충천鶴冲天」) 이 구절은 오랫동안 만나지 못한 것 때문에 애정은 공허해 졌고, 걱정스런 감정이 바뀌어가 여인이 불행해져 감을 암시하고 있다. "나는 전생에 당신에게 많은 고뇌의 빚을 지었으니, 이 괴로움 벗어나기 어렵구나." (我前生、負你愁煩債, 便苦恁難解開)(「영춘악迎春樂」) 이것은 감정이 곡절을 겪으며 스스로 위로하고 스스로 해결하게 하였으며, 실제로 해결할 수도 집착할 수도 없었던 간절한 소원을 완곡하게 표현해 내었다. "맹세하던 말 기억하노니, 너무 애태우지 말고 좋은 마음 지니고 사시오."(記取盟言, 少孜煎、剩好將息)(「법곡헌선음法曲獻仙音」) 이것은 사랑하는 사람을 이별하며 위로하는 말인데, 소박하면서도 애정에 대한 굳은 신념과 자상하고 온화한 정감을 담고 있다.

이러한 비속한 일상적 어투가 일단 사인의 손에서 가사로 만들어지기만 하면 인물의 심리상태를 표현하는 데에 세세하고 치밀하며 자상하고 깊이가 있게 보여 사람을 감동시키는 힘을 갖게 된다.

생동적인 형상 세밀하고 명확하게 구사한 언어의 구체성은 유영 작품이 갖는 언어의 또 한 가지 특징이다. 그의 가사는 종종 간단한 구절 하나로 사람들에게 구체적이면서 진실된 형상의 느낌을 주는데, 표현력이 대단히 강한 것이다. 예를 들어, "초땅의 하늘은 광활하고, 물결에 석양이 빠져드는데, 강물은 천리까지 흘러가는 구나."(楚天闊, 浪浸斜陽, 千裏溶溶)(「설매향雪梅香」)와 같은 경우는, 옛 평원의 강변에 펼쳐진 낙조의 형상이 즉시 사람들의 눈앞에 전개되는 것 같다. "두 장대에 걸린 붉은 태양이 꽃가지 끝으로 올라가네." (兩竿紅日上花梢)(「서강월西江月」)는, 움직이는 형상으로써 아침에 태양이 점점 떠오르는 형상을 묘사하고 있다. "이별의 언덕 두 세척의 쪽배, 성근 갈대 사이 쇄쇄 부는 바람소리." (別岸扁舟三兩支, 葭葦肖肖風淅淅)(「귀조환歸朝歡」)는, 단지 두 마디로써 한 폭의 추강평원도秋江平遠圖를 그려내었으니, 곧 성근 갈대 사이에 바람소리 스산한데, 멀리 물 언덕에 두세 척 쪽배가 가로놓여 있는, 황량하기 그지없는 가을풍경이다. "미소진 얼굴로 금빛 머리장식을 바르게 고쳐보네, 그 꽃답고 애틋한 마음 그녀의 아름다운 눈빛에 담겨있다네."(笑整金翹, 一點芳心在嬌眼)(「여지향荔枝香」)는, 여인의 아름다운 목소리와 웃는 얼굴이 얼마나 매혹적인지, 그녀는 그냥 머리에 있는 금속장식을 다시 고치지만, 오히려 뜨거운 감정이 두 눈에 엉겨있는 듯하여 여인의 웃는 얼굴이 더욱 매혹적인 의미를 갖게 한다. 이것은 가기의 형상을 잘 드러내었다고 할 수 있다.

유영의 사는 여러 구절에 생활의 숨결이 넘치고 있어서 세세한 것을 진실되게 느낄 수 있다. 가기歌妓를 말할 때 "의외로 문인과 담소를 나눌 줄도 안다."(偏能做、文人談笑)(「양동심兩同心」)라고 하였는데, 이것은 유영이 당시 민간의 가기들이 고상함을 추구했던 특징을 파악했던 데서 나온 것이다. 송대 김영지金盈之는 "뭇 기녀들은 문사에 능하고, 입담이 좋고, 또 인물을 볼 줄 알아 응대함에 절도가 있다."[2]하였다. "갑자기 면사포가 젖혀지며 얼굴이 살짝 드리워지네."(時揭蓋頭微見)(「여지향荔枝香」)는 봄날 들판에서 남녀가 막 알게 된 상황을 그리고 있는데, 여인이 머리를 가리는 것은 당시에 유행되기 시작한 풍습이었다. 부녀자들이 외출 때에는 부드러운 비단으로 상반신을 가려 머리가리개를 하였는데, 도시의 가기들도 외출할 때에 "머리가리개를 머리장식 뒤로 매놓으므로, 젊은 주객이 뒤에 좇아가기도 하였다"[3] 이밖에 "어젯밤 조각배 정박한 곳 모래사장을 베게 삼아." (昨夜扁舟泊處枕底當灘磧)(「육현령六幺令」), "말에게 여물을 먹여 수레를 재촉한다네."(秣馬巾車催發)(「윤대자輪臺子」), "한가이 바느질거리 잡고 그이 곁에 짝할 것을." (針線閑拈伴伊坐)(「정풍파定風波」)등도 모두 생활의 기운이 있다. 이러한 언어는 아주 구체적으로 형상화된 것이다.

위에서 유영사의 언어가 통속적이고 형상적이고 구체적인 특징을 열거해 보였는데, 이들은 흔히 보이는 유영의 통속사들이다. 아름다운 유영의 사에 사용한 언어도 비교적 사실상 통속적이고 알기 쉬우면서도 명확하고 구체적인 특징을 갖고 있다. 그의 유명한 가사 몇 구절을 보자.

---

2) 金盈之,『新編醉翁談錄』卷7.

3) 孟元老,『東京夢華錄』卷7.

오늘밤 술이 깨면 어느 곳이려나, 버드나무 언덕에 새벽바람불고 새벽달 뜰 때이겠지.

今宵酒醒何處, 楊柳岸, 曉風殘月. 「우림령雨霖鈴」

점차 물 언저리에 나뭇잎 떨어지고, 높은 언덕으로는 구름이 떠간다. 금방 날이 개인 청명한 가을.

漸亭皐葉下, 隴首雲飛, 素秋新霽. 「취봉래醉蓬萊」

아득한 산 만 겹이고, 높은 바다 천리라네, 바다 물결 끝없이 광활하구나.

遙山萬疊, 漲海千裏, 潮平波浩渺. 「유객주留客住」

비에 걸린 옅은 무지개를 대하니, 웅대한 바람이 난간을 덮지만, 무더위는 약간 있다네.

對雌霓挂雨, 雄風拂檻, 微收煩暑. 「죽마자竹馬子」

동강은 훌륭하도다! 물안개 모락모락 피어오르고. 물결은 색을 입은 듯, 산은 깎아 놓은 듯하구나.

桐江好,[4] 煙漠漠. 波似染, 山如削. 「만강홍滿江紅」

이 구절들은 깊은 의미나 고상하고 웅대한 이미지를 갖고 있어서 역대 문인들이 칭송하였다. 그러나 이러한 것은 후에 남송의 아사雅詞처럼 지나치게 조탁하고 매삽하고 의미가 몽롱한 언어는 아니었다. 말하자면 유영의 아사에 쓰인 언어는 앞 시대의 언어풍격의 기본적인 특징을 지니고 있었기에 여전히 자연스럽고 쉽게 이해할 수 있었던

4) 桐江: 지금의 절강浙江 동려현桐廬縣의 북쪽에 위치함. 천목산千目山에서 흘러서 절강으로 유입되며, 부춘강富春江이라고도 부름.

것이라 할 수 있다.

그의 사는 가끔 전인前人의 시구가 가사에 녹아들어가는 경우가 있다. 「곡옥관曲玉管」 중의 "산에 오르고 물가에 이를 때마다, 평생의 걱정을 불러일으키누나." (每登山臨水, 惹起平生心事)와 같은 구절은 「초사楚辭.구변九辯」의 "산에 오르고 물에 이르러 돌아올 사람을 떠나보낸다." (登山臨水兮送將歸) 구절을 본 딴 것이다. 「경배傾杯」 중의 "배꽃 한 가지에 봄이 비를 머금었네." (梨花一枝春帶雨)구절은 백거이의 「장한가長恨歌」 구절을 그대로 인용한 것이다. 「팔성감주八聲甘州」 중 "몇 번을 잘못 하늘 끝을 돌아온 배로 알았던가." (誤幾回天際識歸舟)구절은 육조六朝 사조謝朓의 「지선성군출신임포향판교之宣城郡出新林浦向板橋」 중의 "하늘 끝에서 돌아오는 배로 알고, 구름 속에서 강가나무를 알아냈네."(天際識歸舟, 云中辨江樹)를 인용한 것이다. 「경배傾杯」 중의 "헤아려보니 가벼운 이별만큼 슬픈건 없다네."(算人生, 悲莫悲於輕別)구절은, 굴원屈原의 「구가九歌」 중 "생이별만큼 슬픈 것은 없다네." (悲莫悲兮生別離)에서 인용한 것이다. 「만조환滿朝歡」 중의 "이별한 사람 어디 있는지 알 수 없는데, 단지 붉은 사립문에 살며시 숨었네."(人面桃花, 未知何處, 但掩朱扉悄悄)구절은 당나라 최호崔護의 「제도성남장題都城南莊」 중 "사람 얼굴 어디 갔는지 알길 없고, 도화만이 여전히 봄바람 비웃고 있구나." (人面不知何處去, 桃花依舊笑春風[5])와 서로 통한다. 이들은 유영의 가사에서도 자연스럽고 적절하게 사용되어 마치 그 자신에게서 나온 말 같다.

유영은 송대 사회생활 가운데서 통용되는 백화 구어口語에서 풍부한 어휘들을 잘 취해 냈고, 민간의 통속적이고도 예술적인 말을 잘 익혔으며, 중국의 전통적인 문학언어를 주의 깊게 받아들였다. 거기서

---

5) 唐圭璋 · 潘君昭, 『論柳永詞』, 『徐州師院學報』, 1979년 제3기 참고.

정확하고 뚜렷하고 생동적인 글자들을 골라내어 규범화된 어법구조를 이루어, 통속적이면서도 알기 쉽고, 뜻이 명확하고 형상표현이 생동적인 강한 문학언어들을 만들어내는 한편, 자신의 언어풍격을 형성하였다. 이러한 것들이 유영이라는 작가가 인물의 심리묘사, 사상감정 표현, 서사와 서경 등 여러 방면에 성공을 얻게 하는데 중요한 요소가 되었다고 할 수 있다.

서술적 표현수법에 관하여는, 북송 이지의李之儀가 사를 논하면서 유영사가 "서술이 순조롭게 펼쳐진다."(鋪敍展衍[6])라는 특징을 지적한 이후, 여러 사람들의 인정을 얻게 되었다. 당 오대와 송초 이래 비록 아주 적은 문인들이 만사慢詞의 장조長調를 습작해 보았으나, 그들은 자신이 익숙한 소령小令의 표현수법으로 가사를 쓰는데 습관이 되어 끝내 말을 잘 풀어나가야 하는 문제를 해결하지는 못했다. 그러나 유영에 와서 민간사와 민간 강창문학講唱文學 중의 서술방식을 익혀 만사장조에 사용함으로써 예술표현상에 새로운 경지를 만들게 된 것이다.

유영의 서술표현수법은 중국의 전통적 시가 표현수법 중의 하나인 '부賦'의 발전을 의미한다. 중국최초의 시가총집 『시경詩經』의 세 가지 기본예술표현수법인 비比, 흥興, 부賦는 후대 시가창작에 있어서 전통성의 영향력을 지니고 있다. 문인의 시사詩詞에서는 비와 흥의 수법을 발전시키는데 집중하였으나, 부의 수법은 한나라의 부賦와 민간의 시사 중에서 대부분 사용되었을 뿐이다. 만당오대의 문인사는 비교적 함축된 비유나 은유의 비흥수법을 사용하는데 익숙하였다. 유영의 창작실천에서 보면 부의 수법은 만사 장조라는 예술형식에 더 적합하였던 것이다. 하지만 만사 장조가 비흥수법을 절대 쓸 수 없다는 것을

6) 李之儀, 『跋吳師道小詞』, 『姑溪居士文集』, 卷40.

의미하지는 않는다.

중국 고대에 부에 대한 의미는, “바로 풀어 놓는다.(直鋪陳)”[7], “일을 풀어 읊다.(賦)以陳事)”[8], “풀다, 화려한 무늬를 풀어 필치와 사물에 느끼어 그 뜻을 쓰다.鋪也, 鋪彩摛文, 體物寫志”[9]등의 뜻으로 풀이된다. 전통시가표현수법에 사용된 부는 송나라 주희朱熹가 그것에 대해 간단하고 명확하게 해석하였으니, “부라는 것은, 그 일을 펴서 나열하여 직접 말한 것이다”(賦者, 敷陳其事而直言之也)[10]라는 것이다. 유영의 사를 평하여 ‘한가히 일을 서술하다.(序事閑暇)’, ‘본 것을 평평하게 서술하다.(平敍見長)’, ‘완곡한 것을 펼쳐 서술하다.鋪敍委婉’, ‘평범하게 펼치고 곧게 서술하다.平鋪直敍’등이라고 말한 것은 곧 유영이 부에 대해 운용한 수법을 가리킨 것이다. 그 특징을 개괄한다면, 평포직서의 방법으로 가사의 의미나 어떤 의미들을 펼쳐 드러나게 하여서 사람들에게 구체적인 느낌을 주게 한다는 것이다. 이것은 단지 의미들의 크기가 비교적 큰 장조에서만이 사용하기에 가장 적합하다. 그것이 사로 하여금 시보다 더 복잡 세밀한 사상과 감정을 표현할 수 있게 하고 더욱 구체적이고 풍성한 형상을 갖게 하여서 “시가 말할 수 없는 것을 능히 말하게 하는”(能言詩之所之不能言[11]) 것이다.

유영은 만사장조 중에서 포서의 수법을 사용하여 주인공의 복잡한 심리상태를 대단히 잘 풀어내었는데, “예전에 했던 약속들 결국 가벼이 저버리시니. 이렇게 힘들 줄 일찍 알았더라면, 애당초 그를 잡아두

---

7) 『周禮 · 大師』 “曰賦”注.

8) 陸機, 『文賦』 “賦體物”李善注.

9) 劉勰, 『文心雕龍 · 詮賦』.

10) 朱熹, 『詩集傳』, 『國風 · 葛覃』注.

11) 王國維, 『人間詞話刪稿』에서 인용.

는 것이었는데. 그에게 운치 있고 호방하며, 위풍당당한 것 외에, 사람의 마음을 잡아두는 면도 있었구나." (算前言, 總輕負. 早知恁地難拚, 悔不當初留住. 其奈風流端正外, 更別有, 系人心處.)(「주야악晝夜樂」)에서 볼 수 있다. 가사 중의 버림받은 여인이 갈등하는 자기심정을 스스로 분석해 보는데, 헤어진 다음에 아직도 그녀가 감정적으로 벗어버릴 수 없고 또 자신이 잡지 못했던 것을 후회하며 사랑하는 사람의 정말 좋은 점들을 떠올리고 있다. "당신의 마음에 말하기 힘든 드러내지 못하는 일이 있는 듯한데. 만약 진실로 당신의 마음에 별다른 걱정이 없었다면, 나도 의심을 버리고 그대와 오랫동안 사랑했었을 텐데."(奈你自家心下, 有事難見. 待信真個, 恁別無縈絆. 不免收心, 共伊長遠.)(「추야월秋夜月」)는 민간의 가기가 어떤 사람과 연애를 하면서 자신의 처지가 특별한 어려움이 있는데, 그것은 많은 일들을 스스로 해 낼 수 없기 때문이었다. 그녀는 일찍이 애인에게 미안한 점이 있었기에, 만약 그녀에 대한 애인의 마음이 진실하다면 그 마음을 받아들여 줄 준비가 되어 있었다. "즐거움을 찾아 나선 당신 돌아오기를 기다린다네. 비취새 깃털 장식품을 떼어버리고, 허리끈을 꼭 졸라매어, 가냘퍼진 허리를 보여주며, 당신 때문에 초췌해진 나의 모습이라고 믿게 하리." (待伊遊冶歸來, 故故解放翠羽, 輕裙重系. 見了纖腰, 圖信人憔悴.)(「망원행望遠行」)이 대목은 아내가 떠돌이로 돌아오지 않는 남편 때문에 고민하며 남편이 돌아올 때 머리에서 비취새깃털 장식품을 떼어버리고, 허리끈을 꼭 매고 초췌하고 여윈 병색으로 가장하여 남편의 마음을 돌이키기를 기대하고 있다. 이러한 세 가지 예들은 모두 하나의 생각의 단위, 즉 한 가지 생각을 나타내고 있는데, 작가는 능히 섬세하고 완곡하게 전개해 낼 수 있다.

또한 "예전처럼 약속을 지키지 않으면서, 왜 애당초 나에게 귀밑머리를 잘라 이별의 증표로 하게 만들었을까. 그대 언젠가 돌아오기만

하면, 규방 문을 걸어 잠그리. 당신이 나를 원한다 하여도 자수 금침 함께 하지 않으리. 그렇게 깊은 밤이 될 때까지 무시하다가 슬그머니 그대에게 물어 보리다, 앞으로도 감히 무례 할 수 있겠느냐고?"(依前過了舊約, 甚當初賺我, 偷翦雲鬟. 幾時得歸來, 香閣深關. 待伊要、尤雲殢雨, 纏繡衾、不與同歡. 盡更深、款款問伊, 今後敢更無端.)(「금당춘錦堂春」) 같은 것은 세 가지 작은 생각들로 하나의 큰 의미를 구성하고 있다. 이들 사이의 연결은 대단히 밀접하여 하나로 꿸 수 있는데, 남편을 그리워하는 여인의 내면의 움직임이 구체적이고 사실적으로 표현하고 있어서 개성이 돋보인다. 헤어질 당시에는 쉽게 머리카락을 잘라 애정을 맹세했건만, 지금 약속을 어기고 돌아오지 않으니, 이제 그녀는 부부가 서로 만나게 될 때 일부러 여자들만의 독특한 꾀를 내어 이 박정한 남편을 은근히 혼내주어서, 남편이 잘잘못을 철저히 깨닫게 할 작정이다. 이러한 것들은 평서식으로 서술하는 수법으로서, 솔직하고 힘이 있어 보인다.

평서식 서술수법으로 인물형상을 그려낸 것으로는 "몸매는 원래부터 요염하고 매혹적이며. 아름다운 자태로 말할 것 같으면, 그야말로 묘사하기 어려울 정도라네. 백옥과 같은 피부에 아름다운 자태가 나오니 백만교태를 다가졌구나. 노래와 춤에 능하니, 그 아름다운 노랫소리에 꾀꼬리도 울고 가고, 그 요염하고 가벼운 춤의 자태에 버드나무도 가는 허리를 질투 한다네." (身材兒、早是妖娆. 算風措、實難描. 一個肌膚渾似玉, 更都來、占了千嬌. 妍歌豔舞, 鶯慚巧舌, 柳妒纖腰.)(「합환대合歡帶」)구절이 있다. 이 작품은 재색이 겸비된 가기의 형상을 그린 것이다. "미녀들이 남쪽 논두렁길에 무리지어, 꽃그늘 사이에서 천천히 거닐며, 점점 다가온다. 아리땁게 분을 바른 얼굴이 드러나니, 수려한 얼굴빛, 꽃의 광채와 서로 시샘을 하네. 부끄러움에 붉은 비단 소매를 살짝 들어 올려 얼굴을 가린다. 귀밑머리 바람에 날리니, 선홍빛 입술 반쯤 가려 부끄러워하네, 사람 뒤에서 몰래 지켜보다가."(翠娥南陌簇簇, 躡影紅陰, 緩移嬌步. 擡粉面、韶容花光相妒. 绛绡袖擧. 雲鬟風顫, 半遮檀口含羞, 背人偷顧.)(「야반악夜半樂」) 이것은 도시 근교에서 봄나들이 할 때 보았던 여인의 수줍어하는 모습인데, 인물의 특징을 잘 잡아내어 거듭해서 서술해나가고 있어 생동적이고 구체적으로 그려내었다.

평서의 수법으로 자연경물을 그려낸 것으로서는 청명절 서울근교의 아침정경을 청신하고 수려하게 표현하고 있는 "따사로운 아침햇살이 솟아올라 대지를 비추니, 새벽안개 서서히 거두어지네. 밤새 내리던 비가 막 개인 쾌청한 날씨. 버들가지 축 늘어지고 살구는 색이 곱구나. 하늘하늘 가는 실 같은 버들가지, 옅은 노을빛의 살구꽃은 아름다운 교외를 화창함으로 수놓는다."(煦景朝升, 煙光晝斂, 疏雨夜來新霽. 垂楊豔杏. 絲軟霞輕, 繡出芳郊明媚.)(「내가교內家嬌」)가 있다. 초여름의 정원의 경치를 묘사한 것으로 "옅은 안개가 날리는구나. 꾀꼬리 울음소리 그치고 꽃이 지니, 정원은 맑고 따사로워졌다. 초록 푸르른 나무그늘엔 빽빽한 잎사귀가 장막을 이루는구나. 보리가 익을 무렵 쾌청하게 개인 풍경, 여름 구름은 시시각각 그 모습을 바꾸며 기이한 산 봉오리 모습으로 드넓은 하늘에 기대어본다. 따사로운 햇살이 잔잔한 물결을 비추어 은빛 연못 만들고, 연못엔 파릇파릇한 부평초가 가득피어 푸르름을 더하니, 신이난 물고기들 수면위로 펄쩍펄쩍 뛰어오르는구나."(淡煙飄薄. 鶯花謝、清和院落. 樹陰翠、密葉成幄. 麥秋霽景, 夏雲忽變奇峰、倚寥廓. 波暖銀塘, 漲新萍綠魚躍.)(「여관자女冠子」)가 있다. 평서의 수법으로 서사敍事를 다룬 것으로서는 애인과 이별할 때 못내 아쉬워하는 정경을 "슬픔에 먹으로 그린 눈썹, 아름다워도 정신이 없다. 함께 쓸쓸히 넓이 나가는데, 가는 손을 다시 잡고, 이별의 말을 하고 떠나네, 오히려 나 혼자 여러번, 그대 꼭 가야만 하느냐고 물어본다네. 여러번 귓가에 대고 나지막히 말해 본다네."(慘黛蛾、盈盈無緖. 共黯然消魂, 重攜纖手, 話別臨行, 猶自再三、問道君須去. 頻耳畔低語.)(「경배傾杯」)라고 표현한 것이 있다. 여행이나 행역으로 아침 일찍 길을 떠나는 과정을 읊은 것으로 "청명한 밤 베게 베자마자 달콤한 꿈을 꾸다 이웃 닭 울음소리에 깨어나니 못내 아쉽구나. 급하게 말을 제촉하여 길을나서니, 옅은 안개 시들한 풀이 눈앞에 펼쳐진다. 앞을 향해 달리니 바람에 부딪혀 말장식 울리고, 서리내린 수풀을 지나니 말소리에 놀란 새들의 소리가 점점 느껴지는구나."(一枕清宵好夢, 可惜被、鄰雞喚覺. 匆匆策馬登途, 滿目淡煙衰草. 前驅風觸鳴珂, 過霜林、漸覺驚棲鳥)(「윤대자輪臺子」)가 있다. 이러한 것들은 모두 평서만을 가지고 펼쳐 놓았는데, 화가가 섬세한 붓으로 스케치한듯하여 비흥으로 과장하거나 아름답게 수식하고 다듬지 않았는데도 훌륭한 예술적 성과를 이룰 수 있었고, 말 하나하나가 마치 눈앞에 있는 듯이 독자를 감동시킨다.

만사의 장조는 체제가 소령보다 복잡한데, 장조마다 독특한 음악적 특징을 갖고 격식을 이룬다. 이렇기 때문에 창작할 때에 편장篇章배치와 전체구조는 특히 중요한 의미를 갖게 되는 것이다. 예를 들어 어떻게 서두와 결미를 두고, 상편上片과 하편下片의 관계는 어떻게 연결할 것인지, 어떻게 글자나 구절을 다루고 의미들을 조화로운 하나의 완정한 것으로 구성할 것인지, 서정抒情 · 서사敍事 · 서경寫景들의 상호관계를 어떻게 처리할 것인지 등이다. 즉 "장조는 하나로 꿰기 힘들다"(長調難得融貫)[12]는 말은 바로 이러한 의미다. 이 모든 관계들이 다 구체적인 예술적 구조로 표현되어 나오는 것이며, 유영도 이 방면에서 개척한 공이 있다. 유영의 장조는 그 예술적 구조가 변화가 풍부하고 점진적으로 분명해지며 조화가 완전하다는 특징을 갖고 있고, 그 후

12) 劉熙載, 『藝概』 卷4.

송사의 장조는 기본적인 형식을 확립하게 되었다. 쉽게 볼 수 있는 유영사의 장조의 구조형식은 주로 다음 몇 가지를 들 수 있다.

> 부슬부슬 저녁비가 강 하늘에 내려, 한바탕 맑은 가을을 씻어내는구나. 점차 서릿바람 세차게 불어와 눈앞의 산하는 쓸쓸하기만 한데, 석양빛이 누각에 비쳐든다. 곳곳에 꽃 지고 잎 떨어져, 점점 아름다운 경치 사라져 간다. 다만 장강의 도도한 물만이, 말없이 동쪽으로 흘러가는구나. / 차마 높이 올라 멀리 바라 볼 수 없으니, 고향 쪽을 바라보면 아득하기만 한데, 돌아가고픈 마음을 나눌 수 없구나. 한스럽게도 지난 몇 년의 종적을 살펴보면, 무슨 일로 고달프게 오래도록 머물러 있었는가? 생각해 보면 그녀는 누각에서 물끄러미 바라보며, 몇 번이나 속았을까 저 멀리 내가 돌아오는 배인 줄 알고? 어찌 알랴, 이내 몸 난간에 기대어, 이렇게 슬픔에 응어리져 있는 것을.
>
> 對瀟瀟、暮雨灑江天, 一番洗清秋. 漸霜風淒緊, 關河冷落, 殘照當樓. 是處紅衰翠減, 苒苒物華休. 惟有長江水, 無語東流. / 不忍登高臨遠, 望故鄉渺邈, 歸思難收. 歎年來蹤迹, 何事苦淹留. 想佳人、妝樓顒望, 誤幾回、天際識歸舟. 爭知我、倚闌干處, 正恁凝愁. (「팔성감주八聲甘州」)

가사의 상편은 사경寫景을, 하편은 서정을 다루었다. 상편에서 깊은 가을의 처량한 모습을 묘사하고, 하편에서는 그 경치를 보고 생기는 감정을 읊음으로써 고향에 대한 사인의 그리움을 잘 표현해 내었다. 먼저 저녁비로써 슬픈 가을의 분위기를 만들어내고 난간에 기대어 우수에 잠긴 것으로 매듭지었고, 환두換頭에서 경치를 말하며 자연으로 바뀌어갔다. 핵심어를 잘 사용하였는데 '對', '漸', '望', '嘆', '想'등의 글자들이 의미들 간에 관계를 잘 맞물리게 하여, 가사의 의미에 변화를 주어 가사전체가 물결이 출렁이는 듯한 모습을 드러나게 하였다. 이렇게 함으로써 가사의 구조가 엄밀하며 배치가 적절하도록 하였다.

그 중에 또 "당인의 고상함이 결핍되지 않은" 경구가 있어서, 사의 본색을 더하여주었다. 이 때문에 왕국유王國維도 이 작품을 "격이 천고에 높아서 보통의 곡조로는 논할 수 없다"(格高天古, 不能以常調論也)[13]라고 하였다.

구름이 얼어붙은 암울한 날씨에, 일엽편주를 타고, 제 흥에 겨워 강가를 나선다. 수많은 계곡과 산을 지나, 월계 깊숙한 곳에 이른다. 성난 파도 점차 잦아들고, 순풍이 선뜻 불어오니, 장사꾼들이 서로 부르는 소리 들려온다네. 돛을 높이 올리고, 익새가 새겨진 배를 띄워 가볍게 남쪽 포구를 지난다. / 아득히 바라보니 주막의 깃발 펄럭이고, 연기에 피어오르는 작은 마을과 줄지어 늘어선 서리 맞은 나무들. 해 지는 노을 아래로, 어부들은 뱃전을 두드리며 돌아간다. 연잎은 시들어 떨어지고, 잎 진 버드나무 석양에 어른거리는데, 물가엔 삼삼오오 빨래하는 아가씨들 지나가는 나그네를 피하며, 수줍은 미소 머금은 채 재잘거린다. / 이제와 생각해 보니, 규방의 아름다운 여인 가벼이 버린 내 처지가, 마치 떠도는 부평초 같구나. 후에 만나자는 약속도 지금 와서 무슨 소용이던가? 이별의 회상으로 서글픈데, 한 해가 저무는 세밑에도 돌아갈 길 여전히 막막하구나. 흐린 눈 속 경성의 길은 아득하기만 하고, 외로운 기러기의 울음소리만, 먼 하늘로 저물어 간다.

凍雲黯淡天氣, 扁舟一葉, 乘興離江渚. 渡萬壑千巖, 越溪[14]深處. 怒濤漸息, 樵風乍起, 更聞商旅相呼. 片帆高舉. 泛畫鷁、翩翩過南浦. / 望中酒旆閃閃, 一簇煙村, 數行霜樹. 殘日下, 漁人鳴榔歸去. 敗荷零落, 衰楊掩映, 岸邊兩兩三三, 浣紗游女. 避行客, 含羞笑相語. / 到此因念, 繡閣輕拋, 浪萍難駐. 歎後約、丁寧竟何據. 慘離懷, 空恨歲晚歸期阻. 凝淚眼、杳杳神京[15]路. 斷鴻聲遠長天暮. (「야반악夜半樂」)

---

13) 王國維 : 『人間詞話刪稿』.

14) 越溪: 춘추시대 월나라 미녀 서시西施가 빨래를 했던 시내. 절강성 소흥 남쪽의 약야계若耶溪가 바로 그곳이라고 하는데, 여기서는 일반적인 물가를 가리키는 것임.

15) 神京: 북송의 수도인 변경汴京. 지금의 하남성 개봉임.

사의 앞 두 편은 수향水鄕의 겨울 정경을 서술하였는데, 붓 가는 대로 써내려가며 서술형식으로 펼쳐놓았다. 첫 번째 편에서 묘사한 경색은 처량하고 비장하여 붓의 기세가 힘이 있다. 두 번째 편은 술좌석, 어부, 빨래하는 여인 등 경쾌한 장면이 등장하고 있는데, 이들은 여행 중에 있은 정경들의 변화를 나타내고 있다. 마지막 한 편은 "여기까지 생각하니"(到此因念)구절로 아래위를 이어주고, 서정으로 넘어가서 처절하고 암담한 이별의 정서를 표현하였으니, 마무리가 뛰어나다. 진예陳銳는 이를 두고 "이러한 장조는 이렇게 크게 펼치고 크게 마무리하는 필치여야 한다"(此種長調, 不能不有此大開大闔之筆)[16]라 하였다.

> 산머리에 구름 떠가고, 강가에 해는 저무는데, 오래도록 난간에 기대어서 물안개만 바라본다. 서서 關河를 바라보니 쓸쓸하고, 온 세상이 가을빛인데, 어찌 차마 볼 수 있으랴. 아득한 京城의 아름다운 아가씨, 이별 후로 소식 한 자 받지 못하네. 외로운 기러기 짝도 없이, 물가 모래톱에 살포시 내려와 앉으니, 생각만 하염없이 인다. / 처음 만나던 때 가만히 생각해 보면, 그윽한 설렘에 좋은 만남이 그 얼마였던가. 만나고 헤어짐이 기약하기 어려워, 이렇듯 비구름 같은 수심에 잠길 줄이야. 헤어짐이 만남의 즐거움을 따라온 것이니, 매번 산에 오르고 물가에 임할 적이면, 평생의 근심을 불러일으켜, 한바탕 기분이 가라앉고, 종일토록 아무 말도 없이 있다가, 도로 누대를 내려가 버린다네.
>
> 隴首雲飛, 江邊日晩, 煙波滿目憑闌久. 立望關河[17]蕭索, 千里淸秋. 忍凝眸？杳杳神京, 盈盈仙子, 別來錦字終難偶. 斷雁無憑, 冉冉飛下汀洲. 思悠悠. / 暗想當初, 有多少、幽歡佳會, 豈知聚散難期, 翻成雨恨雲愁. 阻追游. 每登山臨水, 惹起平生心事, 一場消黯, 永日無言, 卻下層樓. (「곡옥관

16) 陳銳, 『袌碧齋詞話』.

17) 關河: 함곡관函谷關과 황하黃河.

曲玉管」)

상편은 사경에서 서정으로, 하편은 지난 일을 추억하며 현실의 정경으로 돌아온 것을 그린 것으로 그 구조가 비교적 복잡하다. 이 가사는 이별후의 그리움이 실마리가 되었다. 난간에 기대어 멀리 가을 들녘을 바라보니 적막한 느낌이 일어나고, 이 때문에 멀리 서울에 머무는 연인을 그리워한다. “외로운 기러기 짝도 없이, 물가 모래톱에 살포시 내려와 앉으니”(斷雁無憑, 冉冉飛下汀洲) 구절은 언어가 쌍관의 의미를 가지고 있는데, 사실적인 정경이기도 하려니와 또한 연인의 소식이 깜깜한 것을 암시하고 있어 정경교융의 경지에 도달하였다. 하편은 지난날 함께 했던 때의 기쁨을 추억하며 인생은 만나기 어렵고 헤어지기는 쉽다는 것을 생각하고 있다. 마무리에서 다시 현실의 상황으로 돌아와, “오히려 누대를 내려가 버린다네”(卻下層樓)라고 하여 가사의 시작에 “난간에 기대어”(憑欄)라 한 것과 호응하여, 누대에 올라 난간에 기대어 있는 감회를 암시하였다. 사의 구조가 좀 복잡하기는 하여도, 그 서술은 합리적이고 맥락도 분명하며 수미가 완벽하다.

늦가을 쓰르라미 소리 처량하게 울고, 長亭에 날은 저무는데, 내리던 소낙비도 어느새 멎었다. 도문에 장막치고 술 마시니 마음이 산란하구나, 이별이 아쉬워 머뭇거리던 차에, 木蘭 배는 떠나기를 재촉한다. 손잡고 마주보는 이슬 맺힌 눈길. 끝내 말 한마디 못한 채 목이 메이네. 가도 가도 끝없을 안개 낀 천 리 물결 생각하니. 저녁 안개 자욱한 남녘 하늘 아득하구나. 다정한 사람은 예로부터 이별을 아파하기 마련인데, 더욱이 쓸쓸한 이 가을을 어이 견디리오! 오늘 밤 마신 술은 어디에서 깰까? 버들 늘어진 강언덕, 새벽바람 불고 조각달 걸린 곳이겠지. 이렇게 떠나가 세월이 흐르면, 좋은 시절 좋은 경치 무슨 소용이며, 설령 온갖 정취가 있다한들, 또 그 누구에게 이 마음 토로하리?

寒蟬淒切, 對長亭晩, 驟雨初歇. 都門帳飮無緖, 留戀處、蘭舟催發. 執手相看淚眼, 竟無語凝噎. 念去去、千里煙波, 暮靄沈沈楚天闊. / 多情自古傷離別, 更那堪、冷落淸秋節. 今宵酒醒何處, 楊柳岸, 曉風殘月. 此去經年, 應是良辰好景虛設. 便縱有千種風情, 更與何人說? (「우림령雨霖鈴」)

이 가사는 사경으로 시작하였는데, '늦가을 쓰르라미'(寒蟬) 가 시절을 분명하게 가리키고, 매미소리가 '처량'(淒切)함이 가사 전체의 분위기를 휩싸고 있다. '정자에 날이 저물어'(長亭晩)는 헤어지기 아쉬워 이별의 시간을 황혼 때까지 끌고 갔다는 것을 드러내고 있다. '소낙비'(驟雨)도 이미 '막 멎었는데'(初歇)라 한 것은, 어찌할 수없이 장도에 올라야 함을 나타내고 있다. 상편에서는 서경, 서사가 백묘의 수법으로 그려졌는데, '말도 못하고 목이 메이네'(無語凝噎)구절은 이별의 감정이 고조에까지 이르렀다는 것이다. '생각하다'(念)는 핵심어로서 가사의 정취가 전환되어 하편의 서정으로 옮겨가고 있다. 하편은 이별의 정서를 서술하였는데, 진지하고 침착하게 정교한 아름다움을 하나로 꿴 구절이 자연스럽게 쏟아져 나오고 있다. "다정한 사람은 예로부터 이별을 아파하기 마련인데, 더욱이 쓸쓸한 이 가을을 어이 견디리오"(多情自古傷離別, 更那堪、冷落淸秋節), 이 두 구절은 상편을 이어 이별의 냉혹하고 참담함을 밝히 드러내었다. 긴밀하게 이어진 "오늘 밤 마신 술은 어디에서 깰까? 버들 늘어선 물가, 새벽바람 불고 조각달 걸린 곳이겠지."(今宵酒醒何處, 楊柳岸, 曉風殘月) 두 구절은 냉혹하고 참담한 이별의 정을 더욱 두드러지게 하고 있다. 그래서 앞사람들은 이 가사가 정어情語를 얘기하면서 경어景語로 바꾸어내는 기법을 대단히 잘 활용한 작품이라고 본다.

꽃과 같았다네. 처음 약속했었지. 영원히 같은 마음으로 함께 늙기로. 젊은 시절, 용모가 빼어나고 총명할 때에, 구애받지 않고 사랑했었는데, 마음과 정이 이렇게 빈약해져 원래 맺었던 언약조차 다시 말하지 못 할 것을 어디 예상이나 했었던가? 점점 이별의 준비를 하게 된다. / 점점 사랑을 유지하기 어렵다는 생각에, 마음이 조여 온다. 어찌 멈출 수 있으리, 함께 즐겼던 시간들을. 이미 인연이 끊어져 되돌릴 수 없으니, 자주 사람들에게 하소연하며, 헛되이 소식을 전해본다. 부질없는 후회와 아픔. 이런 것에서 언제나 벗어날까.

如花貌. 當來便約, 永結同心偕老. 爲妙年、俊格聰明, 淩厲多方憐愛, 何期養成心性近, 元來都不相表. 漸作分飛[18]計料. / 稍覺因情難供, 恁殛惱. 爭克罷同歡笑. 已是斷弦尤續[19], 覆水難收, 常向人前誦談, 空遣時傳音耗. 漫悔懊. 此事何時壞了. (「팔육자八六子」)

전체 가사의 구조는 하나다. 처음부터 끝까지 모두 인물의 내면의 생각과 감정을 토로하고 있고, 감정이 깨어져 버린 후에 다시 갈등하고 엉켜버린 복잡한 정서를 표현하였다. 작자는 포서로 내심의 독백을 풀어내는 방법을 쓰고 있는데, 의미가 한번 선회하고 가라앉는 것이 비록 크게 교차하는 것은 없지만 오히려 자그마한 기세가 있다. '당초'(當來), '어찌 예상하랴'(何期), '원래'(元來), '점점'(漸作), '조금 느껴진다'(稍覺), '이미'(已是), '자주'(常向) 등과 같은 말들은 인물의 정서가 반복 변화하는 것을 나타내주는데, 단일한 구조에서 변화하고 있다. 그러므로 그것은 사람들에게 무겁거나 딱딱하거나 단조로운 느낌을 주지 않고,

---

18) 分飛: 『玉臺 新咏 · 古詞 · 東飛伯勞歌』에서 "동쪽에는 백로가 날고, 서쪽에는 제비가 나네. (東飛伯勞西飛燕)"라는 구가 있는데, 그 후에 이별을 일컬어 '분비分飛'라 하였음.

19) 斷弦尤續: 옛날엔 '금슬琴瑟'로 부부를 비유하였다. 그래서, 남자가 아내를 잃는 것을 '현이 끊어지다斷絃'라는 것으로 표현하였다. 이시에서는 '단현斷絃'으로 애정이 끊어지는 것을 가리킨다.

작자가 인물의 정신세계를 깊이 파고들어간 것을 표현하였다. 구조가 단조로운 이러한 형식은 유영 자신의 서정을 읊은 가사들에서 많이 볼 수 있으며, 또한 계절의 풍경을 묘사한 가사에서도 많이 보인다.

> 꿈에서 깨어나니 한 줄기 바람이 창틈으로 들어와, 차가운 등불을 꺼 버리네. 이렇게 술이 깨어 버리면, 섬돌에 떨어지는 밤비 소리를 어떻게 또 참아낼 수 있을까? 아아 내가 변변치 못하여, 아직도 나그네 신세를 면치 못하고, 가인과의 굳은 맹세도 몇 번이나 저버렸던가! 달콤했던 만남이 슬픔으로 변했으니, 어떻게 참아낼 수 있으리! / 가득한 슬픔을 안고, 다시금 추억을 더듬어 보면, 洞房 깊은 곳에서, 몇 번이나 음주와 가무를 즐긴 뒤, 원앙금침을 함께 했으니, 어찌 잠시라도 이별하여, 그녀의 마음고생을 시켰으랴. 구름과 비처럼 어우러져 서로 아끼고 사랑했었다네. / 바로 지금에 이르러서는 거리상으로 멀리 떨어져 있고 시간은 더디기만 하다. 공연히 서로 떨어져 있으니, 언제쯤, 꽃구름같이 아름다운 그녀를 안아볼 수 있을까? 바라건대 휘장을 낮게 드리우고 친숙한 베갯머리에서 부드러운 소리로 그녀에게 말해 줄 수 있었으면, 강가의 마을에서 밤이면 밤마다, 물시계 소리를 헤아리면서 그녀를 그리워하였음을.
>
> 夢覺、透窗風一線, 寒燈吹息. 那堪酒醒, 又聞空階, 夜雨頻滴. 嗟因循、久作天涯客. 負佳人、幾許盟言, 便忍把、從前歡會, 陡頓翻成憂戚. / 愁極. 再三追思, 洞房深處, 幾度飲散歌闌, 香暖鴛鴦被, 豈暫時疏散, 費伊心力. 殢雲尤雨, 有萬般千種, 相憐相惜. / 恰到如今, 天長漏永, 無端自家疏隔. 知何時、卻擁秦雲態, 願低幃昵枕, 輕輕細說與, 江鄉夜夜, 數寒更思憶. (「낭도사만浪淘沙慢」)

이 작품은 첫 편에서 현실의 정경을 쓰고 있는데, 한밤중 꿈에서 깬 후의 고독감을 잘 묘사하였다. 찬바람, 꺼진 등불, 술이 깸, 빗소리들은 이러한 느낌을 더욱 강하게 하였고 끝없는 생각을 불러일으키게 하였다. 두 번째 편은 지난날의 기쁨을 추억하고 있는데, 현실의 우울함과는 선명한 대조를 이루면서 지난날의 감정에 대한 미련이 돋보이게 나타난다. 세 번째 편은 자연스럽게 마음에 기탁하여 감정을 풀어내면서 그리운 정을 표현하였다. 작품의 구조는 점차 분명해지고, 논리가 감정에 맞고 이치에 맞다.

늦가을 한차례 가랑비가 정원에 내린다. 난간 앞의 국화는 시들어 떨어지고, 우물가 오동나무 잎도 어지러이 떨어진 채, 옅은 안개에 쌓여있으니, 처량하구나! 강변의 관문을 바라보니, 떠가는 구름 석양 속에 암담하다. 당시 송옥이 느꼈던 비애가 나그네 된 이내 가슴에 사무친다. 길은 아득히 이어져 있고, 나그네는 처량한데, 졸졸 흐르는 길가의 물소리도 지겹기만 하다. 때마침 매미는 낙엽 속에서 울고, 귀뚜라미는 시든 풀에서 울어대니, 서로 호응하여, 시끄러운 소리를 낸다. / 외로운 객사인지라, 하루가 일 년 같은데, 점차 바람 차가워지고 이슬 짙어져, 어느새 깊은 밤이 되었다. 드넓고 맑은 하늘에 은하수 희미하게 펼쳐졌고, 하얀 달 아름답게 빛난다. 상념은 끝없이 이어지는데, 긴긴 밤 이 같은 정경을 대하니, 어찌 손꼽아 지난 일을 회상할 수 있으랴? 이름도 없고 관직도 없을 적에는, 아름다운 경치와 기생집에서, 하염없이 세월을 보냈었는데. / 서울의 경치는 너무도 아름다워 그때 그 젊은 시절엔 저녁의 연회를 아침까지 즐겼다. 더구나 마음껏 노는 친구들 있어 다투어 술 마시고 노래 들으며 일어설 줄 몰랐다. 이별 후 세월은 쏜살같이 흘러가 옛날에 놀던 일 꿈만 같고, 안개 낀 수로의 여정은 끝이 없다. 생각하면 명성과 이익을 위해 초췌해져 언제나 얽매여 있다. 지난 일 되돌아보니, 공연히 슬픈 얼굴 비참해진다. 시간이 흘러 가볍게 추위 느껴지고, 점차 호각 소리는 힘없이 잦아든다. 멍하니 창가에서 등불을 끄고 새벽을 기다리며, 그림자 안고 잠 못 이룬다.

晩秋天, 一霎微雨洒庭軒. 檻菊蕭疏, 井梧零亂, 惹殘煙. 淒然, 望江關. 飛雲黯淡夕陽間. 當時宋玉悲感, 向此臨水與登山. 遠道迢遞, 行人淒楚, 倦聽隴水潺湲[20]. 正蟬吟敗葉, 蛩響衰草, 相應喧喧. / 孤館度日如年. 風露漸變, 悄悄至更闌. 長天淨, 绛河清淺, 皓月婵娟. 思綿綿. 夜永對景, 那堪屈指, 暗想從前. 未名未祿, 绮陌紅樓, 往往經歲遷延. / 帝裏風光好, 當年少

日，暮宴朝歡. 況有狂朋怪侶，遇當歌、對酒競留連. 別來迅景如梭，舊遊似夢，煙水程何限. 念利名、憔悴長縈絆. 追往事、空慘愁顏. 漏箭移、稍覺輕寒. 漸嗚咽，畫角數聲殘. 對閑窗畔，停燈向曉，抱景無眠. (「척씨戚氏」)

이 작품은 모두 212자인데, 송사 중 이렇게 편폭이 큰 장조는 처음이며, 이후에 나온 『승주령勝州令』 214자와 『앵제서鶯啼序』 240자 다음으로 길다. 가사는 나그네 신세의 감회를 쓰고 있는데, 굴곡이 있어 구조가 비교적 복잡하다. 사인의 만년에 일생의 삶에 대한 정리로서, 비통하고 처량한 감정을 깊이 파고들었다. 전체가사는 3편이며, 황혼에서 날이 밝을 때까지의 사색과 감회를 썼다. 비록 시간을 따라 서술을 전개해나갔으나, 오히려 지난날, 현재, 사경, 서정, 서사를 서로 번갈아 오고가며 웅장한 기세와 스케일이 큰 장면으로 나타내었다. 첫 편은 객사에서 멀리 보이는 만추의 저녁빛을 그리고 있는데, 장사壯士의 서글픈 가을의 감정이 두드러진다. 두 번째 편은 한밤에 하늘이 고요하고 달은 맑은데, 수심에 잠겨 잠 못들어 하고, 한평생을 생각하니 꽃같은 시절 헛되이 보내고 한가지일도 이룬 게 없어 심경이 시들해지는 것을 묘사하였다. 셋째 편은 젊은 시절 서울에서 방탕했던 생활을 떠올리다보니 또 감개가 일어난다. '況', '念', '漸', '對' 등 핵심어로써 사색이 반복되어 엉키는 것을 나타내고 있는데, 새벽의 호각소리가 끝내는 긴밤 잠을 잃은 사람의 사색을 깨뜨리고 만다. 사의 구조는 층차가 있고 변화가 풍부하며 대단히 엄숙하다.

이러한 기본적인 장조의 구조형식은 유영이 매 사조마다 파악해냈

---

20) 隴水潺湲: 농산隴山의 물이 졸졸 흐르다. 이 구절은 한漢나라 때의 악부樂府 「농두가隴頭歌」의 "농산 꼭대기에 흐르는 물. 산 아래로 떠나가네. 이내 몸 생각하니, 광야를 떠돌고 있구나."를 차용하여 변화시킨 것으로, 나그넷길의 슬픔과 고통을 묘사하였다.

던 음운격식의 특징이며, 사상내용의 요구에 근거하여 대담하게 찾아낸 결과이다. 유영 이후의 만사 장조는 빠르게 발전되어갔으며, 표현기교도 부단히 창신을 하여 예술적 수준이 날로 향상되었다. 그러나 그 구조는 아무래도 유영사의 기본형식의 영향을 분명히 받고 있음을 볼수 있다.

유영은 북송시기 만사 장조의 발전과정 중에서 중요한 작용을 하였다. 그는 주로 통속적이고 형상화되고 생동적이고 활발한 언어들을 대단히 잘 사용하였고, 포서식으로 펼치는 표현수법을 사용하였으며, 기본적인 예술구조형식을 만들어냈다. 이는 곧 만사 장조을 창작하는데 일련의 예술기교 문제를 해결한 것이며, 만사 장조의 발전에 탄탄한 대로를 열어놓게 된 것이다.

송대 항평제項平齋는, "시는 마땅히 두보의 시를 배우고, 사는 마땅히 유영의 사를 배워야 한다. 두시와 유사는 모두 덕을 나타내지 않으며, 오로지 사실을 말할 뿐이다."(詩當學杜詩, 詞當學柳詞, 杜詩、柳詞皆無表德, 只是實說.)[21]라 하였다. 당연히 유영사가 이룬 성취는 두보의 시보다는 못하지만, 이들의 구체적인 창작경험은 후인들이 시를 짓거나 사를 쓰는데 있어서 둘 다 계발적 의의가 매우 크고, 또한 이들은 모두 분명하고 사실적인 창작경향을 가지고 있다. 여기서 상당히 의미있는 현상이 나타나게 된다. 유영의 예술적 기질과 낭만적인 생활스타일에 비추어 말하면, 그의 창작방법은 낭만주의를 좇고 있는 것이지만 사실상 그는 오히려 사실주의적인 경향으로 가고 있었던 것이다.

그는 눈앞의 환경중에서 현실적인 자연경물을 썼고, 도시의 평범한 생활에서 눈으로 보고 귀로 들은 인물과 사건들을 서술하였으며, 자

---

21) 張端義, 『貴耳集』 上卷 인용.

기의 진정한 내심의 감정이나 느낌의 체험을 풀어냈다. 그 작품들은 농후한 생활의 맛을 지녔고, 구체적이고 생동감있는 구절들이었으며, 명확하고 분명한 말, 소박한 포서식 표현수법을 사용하고, 신기하고 환상적인 허구적 상상은 없었으므로 엄격한 의미로는 사실적 방법이라고 할 것이다. 유영이 활용한 이 사실적 방법은, 그가 민간문예의 영향을 받은 것이며 특별히 강창문학의 영향과는 관계가 있을 것이라고 본다. 그러한 사실적 방법은 중세 봉건 도시 경제생활 중의 시민들이 추구했던 실질적 정신을 반영했으며, 또한 객관적 서술성격을 갖고 있어 도시하층민중에게 최고의 환영을 받았는데, 곡을 들으면 시종일관하고 매우 분명하고 통속적이라 알아듣기 쉬웠다. 유영사의 사실경향은 우연히 출현한 것이 아님을 알수 있다.

유영사의 예술적 풍격에 관하여 송인은 습관적으로 그의 사를 화간사花間詞 이래의 전통적인 완약婉約풍격으로 보며, 염과艷科로 분류하였다. 예를 들면 다음과 같다.

동파가 옥당에 있을 때, 노래 잘 하는 막사가 있어서 '나의 사는 유칠柳七과 비교하면 어떠한가?'하고 물었더니, 그가 답하기를 '유낭중柳郎中의 사는 17·8세 된 아가씨가 홍아판紅牙板을 잡고 "楊柳岸, 曉風殘月"을 노래 부르기에 적합하고, 학사(소식)의 사詞는 완서關西의 우람한 사나이가 동비파銅琵琶와 철작판鐵綽板에 맞추어 "大江東去"하고 노래해야 합니다.'라고 하니, 동파東坡가 이에 포복절도하였다.

東坡(蘇軾)在玉堂曰, 有幕士善歌, 因問 : "我詞何如柳七?"對曰 : " ; 柳郎中詞, 只合十七八女郎, 執紅牙板, 歌'楊柳岸曉風殘月'. 學士詞, 須關西大漢, 銅琵琶、鉄綽板, 唱'大江東去'. "東坡為之絶倒.[22]

---

22) 『歷代詩餘』, 115卷, 俞文豹『吹劍錄』 인용.

여기서 형상적 비유로써 동파사와 유영사의 다른 풍격을 설명하였는데, 상당히 적절하다. 소식도 자신이 유영사를 얘기할 때 막사와 서로 같은 견해를 가지고 있었다. 송대 증조曾慥는 다음과 같이 말했다.

> 소유가 회계에서 서울로 와서 동파를 뵈었다. 동파가 이르길 "뜻하지 않게 헤어진 후 그대는 오히려 유영을 배워 사를 짓는구려?"하니, 소유가 "전 비록 배우지는 않았으나 또한 그만 못합니다."라 하였다. 동파는 넋이 빠졌던 그때 "'鎖魂當此際' 구절은 유영의 어투가 아니시오?"라 하였다.
>
> 少游(秦觀)自會稽入都, 見東坡. 東坡曰 : "不意別后, 公卻學柳七作詞"? 少游曰: "某雖無學, 亦不如是." 東坡曰 : "'鎖魂當此際'非柳七語乎 ?"[23]

진관秦關의 『만정방滿庭芳』사에 "넋이 나갔던 그때, 향주머니 몰래 풀고, 비단띠 살며시 끌렀지. 헛되이 얻은 건 기루에서의 무정하다는 이름뿐이구나."(鎖魂. 當此際, 香囊暗解, 羅帶輕分. 謾贏得青樓薄倖名存.) 구절이 있다. 확실히 유영사의 풍미가 있어서 소식이 이를 지적하였을때 진관은 결국 그에 맞설만한 말을 하지 못하였다. 앞에서 인용한 두 대목의 기술에서 유영사풍격에 대한 송인의 인식이 대체로 일치하는 것을 알 수 있다. 송사의 발전은 소식에서 사체를 혁신하였고 유영사의 영향을 애써 제거한 후에 호방한 사풍을 열게 되었다. 송사 전체를 논한다면, 풍격은 전통적 분류법에 따라 완약婉約과 호방豪放의 양대 유형으로 나눌 수 있다. 유영의 사는 당연히 완약류에 속한다. 그러나 유영사는 송대 완약사 중에서도 자신의 독창적인 특징을 가지고 있어서, 그 예술적 면모가 다른 완약사인들과 구별되었다.

근세 사가詞家인 황주이況周頤는 "유영의 『악장집樂章集』은 사가의 정

---

23) 曾慥, 『高齋詩話』.

체의 하나이다"(柳屯田『樂章集』爲詞家正體之一)[24]라 하였다. 통속성과 음율의 조화로 볼때 유영사는 확실히 사가의 본색이며 정통이기에 정체라고 한 것이다. 유영의 사는 언어의 통속성과 음율의 조화 외에도 진실하고 자연스러우며 형상이 선명하고 생동적이고 엄밀한 구조등 특징들을 가지고 있다. 이러한 특징들이 유영사가 독특한 풍격을 갖도록 하였으므로 그의 사가 진솔하고 상세하다[25]고 할 수 있다. 그렇기 때문에 유영의 사는 스스로 한 체제를 이룰 수 있었으며, 온갖 꽃들이 아름다움을 다투던 송대 사원詞苑에서 눈부신 이채로움을 발산하였던 것이다.

24) 況周頤, 『蕙風詞話』 卷3.

25) 詹安泰, 『詞學論稿』, 廣東社, 1984, p.426.

제8장

유영사의 영향

송대 서도徐度는 유영사가 사회적으로 알려지고 영향을 미친 정도를 다음과 같이 서술하였다.

> 기경은 가사로써 송 인종 때 유명했다. 관직이 둔전 원외랑이었기에 세상에서는 유둔전이라 부른다. 그 사가 비록 지극히 공교하지만 비속어가 많은 때문에 세상 사람들이 즐겨 그를 이야기했다. 그 후 구양수, 소식 등이 이어 나오면서 문장의 격에 변화가 있게 되고, 가사에 있어서도 체제가 고상해졌다. 유씨의 작품은 거의 문사의 입에 오르지 않았으나 세상 사람들은 아무렇지도 않은 듯 여전히 그를 좋아했다.
>
> 耆卿以歌詞顯名于仁宗朝, 官為屯田員外郎, 故世號柳屯田. 其詞雖極工致, 然多染以鄙語, 故流俗人尤喜道之. 其后歐陽修、蘇軾諸公繼出, 文格一變, 至為歌詞, 體制高雅. 柳氏之作, 殆不復稱于文士之口, 然流俗好之自若也.[1]

1) 徐度,『却掃篇』卷5.

이것은 유영사가 통속적이고 알기 쉬워 사회하층민들의 사랑을 받았다는 것을 설명하고 있다. 설사 그후 구양수, 소식 등이 문인들의 사가 일어나기 시작하여 사풍에 변화가 생기고 유영사가 문인사대부들의 냉소와 부정시하는 것을 겪었다 하더라도 사회 하층민들은 여전히 그를 사랑하였던 것이다. 북송 말기 "당주에 마왕아라고 하는 가수가 유기경의 사를 부를 수 있는 것으로서 유명하였다."(唐州倡馬望兒者, 以能歌柳耆卿詞著名籍中)[2]라 하였으니 유영의 사가 민간에 전해진 정도를 알 수 있다. 남송 초기 왕작王灼이 "지금 소년들이 동파가 시의 운율을 옮겨 장단구를 지었다고 함부로 말하는데 십중팔구는 유영을 배우지 않고, 다만 조원총曹元寵을 배운 것이다. 비록 가소로우나 역시 웃을 만한 일은 아니다."(今少年妄謂東坡移詩律作長短句, 十有八九, 不學柳耆卿, 則學曹元寵, 雖可笑, 亦毋用笑也.[3])라고 하였다. 당시의 대다수 청년들이 유영사를 배웠는데, 이것은 객관적인 사실이므로 그래서 웃을만한 게 아니라고 한 것이다. 왕작은 다시 "심공술, 이경원, 공방평, 처도숙질, 조차응은 뛰어나고 우아한 언어가 명구절에 다 담겨있고, 그 중 우아한 언어는 더욱 걸출하다. 그러나 여섯명은 원류가 유영에서 온 것이다."(沈公述(唐), 李景元(甲), 孔方平(夷), (孔)處度叔侄, 晁次膺(端禮), 萬俊雅言皆有佳句, 就中雅言又絕出. 然六人者, 源流從柳氏來)[4]라 하였다. 이 일파의 사인들에는 조조曹組[5]와 전위田爲등이 아직 포함되어있지 않은데, 그들은 다 유영사를 성실히 배운 자들이며, 작품들은 통속적이고 운율이 조화로우며 적절하고 자연

2) 洪邁, 『夷堅乙志』 卷19.

3) 王灼, 『碧溪漫志』 卷2.

4) 王灼, 『碧溪漫志』 卷2.

5) 曹組(생졸 연대 미상): 北宋의 사 작가, 字는 원총元寵이며, 영창颖昌(지금의 하남 허창 河南许昌) 사람이다.

스러워 사가의 본색을 갖추었다. 예를 들어 조조의 「억요희憶瑤姬」를 보자.

> 비가 보슬보슬 내리고, 구름이 옅게 끼어있어, 꽃같이 어여쁘고 옥같이 부드러우니, 그 가운데 좋은 마음이 있구나. 어찌하리. 서로 만날 인연은 없고, 홀로 있을 운명만 있으니. 예쁜 편지지에 세심하게 써서 서로의 안부를 묻고, 나는 한 마디 한 마디 모두 살펴본다. 지금까지, 즐거움을 함께 하지 못 하고, 가만히 속으로만 삭히며 그와 조용히 견뎌내었다. / 이런 일을 누가 알아주리? 누각 앞에 걸린 밝은 달, 창밖에 드리워진 꽃 그림자이겠지. 한평생 고민으로 그대 때문에 병이 되니. 다만 풍류만을 좇을까 두렵구나. 머뭇거리다 그대를 놓쳐버리게 되니. 그 시절, 만약 눈길이라도 보냈더라면. 그 당시 내가 초인이 아니고서야.
>
> 雨細雲輕, 花嬌玉軟, 於中好個情性. 爭奈無緣相見, 有分孤另. 香箋細寫頻相問, 我一句句兒都聽. 到如今, 不得同歡, 伏惟與他耐靜. / 此事憑誰執證? 有樓前明月, 窗外花影. 拚了一生煩惱, 爲伊成病. 只恐更把風流逞. 便因循、誤人無定. 恁時節、若要眼兒斯覷, 除非會聖. (「억요희憶瑤姬」)

이러한 사인들이 다 유파사인柳派詞人이라고 할 수 있다.

유영사가 비록 송대 문인의 지적을 당하기는 하였으나, 그들은 오히려 몰래 유영에게서 많은 사작경험과 창작기교, 특히 만사 장조의 경험과 기교를 계승하였다. 장선張先 이후의 진관秦觀·황정견黃庭堅·두안세杜安世·하주賀鑄·주방언周邦彦·이청조李淸照·오문영吳文英등의 작품에서 모두 유영사의 영향을 받은 것을 찾아낼 수 있다. 예를 들어 진관의 「망해조望海潮」 낙양회고洛陽懷古는 전체가 유영의 「망해조望海潮」를 배워 쓴 것이고, 유명한 「수룡음水龍吟」(小樓連遠橫空), 「만정방滿庭芳」(山抹微雲)들은 다 "유칠랑의 분위기"를 가지고 있다. "소유가 유영을 배우는데, 어찌 꺼리는 말을 쓰겠는가?(少游學柳, 豈用諱言)[6]" 에서도 볼 수 있다. 황정견의 사는 속사俗詞와 아사雅詞로 분명하게 나뉜다. 그의 속사는 유영사의 영향을 받은 것이다. "시정의 말을 사에 넣은 것은 유기경에서 비롯되었고, 소유, 산곡도 여러편이 있다. 산곡은 특히 더 심하여 끊어읽을 수가 없다.(以市井語入詞, 始于柳耆卿, 少游、山谷各有數篇. 山谷又特甚之又甚, 至不可句讀)[7]" 북송 후기 유명한 사인이었던 주방언周邦彦은 유영사의 포서식 수법, 시구와 융화, 예술적 구조들을 배워서 만사장조의 예술성이 한층 더 뛰어났다. 그래서 송인 진진손陳振孫은 "청진의 사는 당인의 시어를 많이 사용하고, 은괄로 율을 맞추니 완전하게 어울어지고; 장조는 포서가 더욱 뛰어나, 깎고 다듬은 것이 아름다워 사인중의 으뜸이다.(清真詞多用唐人詩語, 檃栝入律, 渾然天成; 長調尤善鋪敘, 富艷精工, 詞人之甲乙也)[8]" 여성사인 이청조李清照가 사 또한 유영사의 감칠듯 완곡하고 세밀한 장점을 배웠는데, 그래서 어떤 자는 사가 "감칠듯하고 완곡한 것은 마땅히 기경과 이안을 배워야 한다.(綿婉宜學卿、易安)"[9]라고 하였다. 이청조는 사를 논하며 북송의 사인들을 평가할 때 상당히 엄격했으나, 유영사에 대해서는 비교적 긍정적이었다.

> 본조(송)에 와서 예악과 문무가 대대적으로 정비되었고, 또 백여년이 흘러서 유둔전이라는 자가 나타나 옛소리를 바꾸어 새로운 소리를 만들어 『악장집』을 내놓았으니 당시에 크게 명성을 얻었다. 비록 음률이 잘 맞았으나 가사의 말이 세속적이었다. 또 장자야 · 송자경형제 · 심당 · 원강 · 조차응 등이 속속 나왔는데 비록 아름다운 말은 있으나 자잘한 것이니 어찌 족히 대가가 될수 있었겠는가. 안원헌 · 구양영숙 · 소자첨에 와서는 학문이 뛰어

6) 夏敬觀, 『手校淮海詞跋』에서 인용.
7) 夏敬觀, 『手校淮海詞跋』에서 인용.
8) 陳振孫, 『直齋書錄解題』 卷21.
9) 沈祥龍, 『論詞隨筆』.

난 자들이 작은 가사를 지었으니 마치 큰 바다에 술잔을 따르는 것 같았다. 그러나 구두법이 맞지 않은 시일 따름이었다.

逮至本朝, 禮樂文武大備, 又涵養百餘年, 始有柳噸田永者, 變舊聲作新聲, 出『樂章集』, 大得聲稱於時, 雖協音律, 而詞語塵下. 又有張子野、宋子京兄弟、沈唐、元絳、晁次膺輩繼出, 雖時有妙語, 而破碎何足名家. 至晏元獻、歐陽永淑、蘇子瞻, 學際天人, 作爲小歌詞, 直如酌蠡水于大海, 然皆句讀不葺之詩爾.[10]

이것은 유영이 송사에 걸출한 공헌이 되었음을 인정하는 것이며, 유영사가 비록 "말이 세속적"이지만, 그 성취한 바와 영향은 장선, 안수, 구양수, 소식의 위에 있다. 당연히 이청조의 이 평가는 공정한 점이 약간 부족하기는 하지만 사에 대한 이청조의 견해를 반영한 것일 따름이다. 만사장조는 남송사의 발전과정 중에서 소령을 압도하는 우세를 보였다. 유희재劉熙載는 남송의 만사장조를 이야기할 때, "남송사는 기경에 가까운 것이 많고, 소유에 가까운 것은 적은데, 소유는 성글지만 기경은 조밀하기 때문이다"[11](南宋詞近耆卿者多, 近少游者少, 少游疏而耆卿密也.) 이것은 남송사가 유영사의 거대한 영향을 받았음을 지적한 것으로, 이러한 영향은 실로 주방언사를 통해 나타났다.

청대 이후, 많은 사학가들이 유영사의 예술성에 대해 진일보한 인식을 갖게 되고, 높은 평가를 하게 되었다.

유영의 사는 구성지고 아름다워 그 가운데 어우러지는 기운을 갖고 있다, 비록 이속적인 말이 많으나 높이 우뚝하여 여러 무리의 으뜸이 되기 충

10) 胡仔, 『苕溪漁隱叢話後集』 卷33에서 인용.

11) 劉熙載, 『藝概』 卷4.

분하며, 사작가들은 당연히 공손하게 그를 배웠다.

柳詞曲折委婉，而中具渾淪之氣，雖多俚語，而高處足冠群流，倚聲家當尸而祝之.[12)]

유영은 북송의 사가이며 그 높고 맑은 것은 주방언에 빠지지 않는다. 장조는 심웅의 혼과 청경의 기에 능하고 기려의 정을 쓰고 휘작의 소리를 만들어냈다 …… 문자가 소리에 기탁하고 감정에 끊어지니, 소리가 나온즉 절도에 맞고 또한 문장보다 깊지 않는데 백가를 꿰어내니 그 원류를 식별해 낼수 없다.

屯田，北宋專家，其高渾處不減清真. 長調尤能以沈雄之魄，清勁之氣，寫奇麗之情，作揮綽之聲. …… 卽文字之托于音、切于情，發而中節，亦非深於文章，貫串百家，不能識別其源流.[13)]

유영의 사는 중국의 우수한 문학유산이다. 유영은 중국민중이 사랑한 사인이다. 유영이 걸어갔던 창작의 길은 우리가 귀감으로 삼을 만하다. 유영사는 사회적으로 특히 사회 하층민들에게 광범위한 영향을 일으키기에 충분하였으며, 우리들이 깊이 고찰해 볼 가치가 있다. 유영사의 성공적인 예술적 경험은 또한 우리가 배우고 발양할 가치가 충분하다. 우리와 천년 가까운 시간을 두고 존재했던 이 사인은, 당시 그가 사상과 예술방면에서 전통을 깨고 대담하게 창신할 수 있었던 자였으며, 이는 현대 문예에 있어서 커다란 계도적 의의를 지닌다.

---

12) 宋祥鳳,『樂府餘論』.

13) 鄭文焯,『大鶴山人論詞』.

부록

유영 연보

- 980년경 복건성福建省 숭안현崇安縣 오부리五夫里에서 유의柳宜의 셋째 아들로 태어남.
- 1009년 무이산武夷山을 유람하고 「무산일단운巫山一段雲」 5수를 지음.
- 1017년 과거시험에 응시하기 위해 북송의 수도 변경汴京(지금의 하남성 개봉시開封市)로 감.
- 1018년 변경에서 나라의 흥성과 서울의 번화함을 찬미하는 「옥루춘玉樓春」 5수를 지음.
- 1019년 송 진종眞宗 천희天熙3년 제1차 과거시험에 불합격함.
- 1024년 제2차 과거시험 불합격함.
- 1027년 제3차 과거시험 불합격함. 과거시험 응시후 민간의 가기에게 과거 시험장의 광경을 묘사한 「장수락長壽樂」를 써주고, 또한 그가 아끼는 가기 충충蟲蟲을 위해 「정부락征部樂」을 씀.
- 1932년 송 인종 명도원년明道元年 과거시험 준비를 위해 다시 서울로 돌아옴.
- 1034년 송 인종 경우원년景祐元年에 과거 진사 급제함. 이름을 영永으로 바꿈.
- 1034-1044년 목주睦州 단련추관團練推官, 여항餘杭 현령縣令, 창국현昌國縣

(절강성浙江省, 정해定海) 효봉염장감찰관曉峰鹽場監察官, 화주화음현 지방 관리, 쇄주洒州 판관判官, 공부工部 둔전원외랑屯田員外郎, 태상박사太常博士 등 역임.

- 1044년경 「취봉래醉蓬萊」사를 지어 황제의 명령을 거역한 죄를 지어 관직에서 물러남.
- 1053년경 세상을 하직함.

후기

유영은 송대의 저명한 대사인이다. 유영사는 역대로 중국인들이 상당히 좋아했기에, 이 풍류재자의 이야기는 적지않이 전해져온다. 그러나, 체계적이고 깊이있게 이 사인을 소개하려면, 송대 구양수 · 소식 · 이청조 · 육유 · 신기질등과 비교하여 소개하기에는 다분히 어려움이 있다. 그것은 유영의 생평사적과 관련하여 그의 작품의 사상적 의의와 예술적 성취와 평가등에 있어서는 지금도 학술계에서 탐구하고 토론하고 있는 학술적 과제이기 때문이다. 또한 참고하거나 근거할 만한 연보, 전기, 교주한 시문집등 도움이 될 여건이 없기 때문이다. 그러므로 꽤 오랜 시간의 저술과정에서 힘을 다해 앞사람이 연구한 성과를 취하고 적지않은 새로운 탐색을 하였으나, 본인의 학식과 조건의 제한으로 소홀히 했거나 실수한 것은 피할 수 없을 것이니 삼가 독자의 질정을 바란다.

謝桃坊

1985년 3월 사천사회과학원에서

저 자

사도방(謝桃坊: 1935~)

성도사람으로 서남사범대학 중문과를 졸업하고 현재 사천성 사회과학원 문학연구소 연구원이다. 소년시절부터 사에 대한 흥미를 갖고 지속적으로 사를 연구한 학자로, 송대 사작가와 작품을 두루 섭렵한 후 사학연구에 주력을 하여 많은 저술활동을 하고 있다. 그는 송사작가 중에서도 특히 통속적이고 개성적인 창작으로 사발전에 지대한 영향을 미쳤던 유영에 대한 연구서를 다수 출간하였다. 주요저서로는 『宋詞發展史略』, 『蘇軾詩研究』, 『中國市民文學史』, 『詞學辨』, 『宋詞三百首』, 『柳永詞選評』, 『柳永詞集』, 『柳永詞選評』, 『柳永詞賞析集』 등이 있다.

공역자

김현주

한국외국어대학교 중국어통번역학과 교수, 돈황학, 사문학, 통속문학 연구

이태형

한국외국어대학교 중국문학 박사, 한국고전번역원 연구원

이수진

한국외국어대학교 대학원 중어중문과 박사과정

유영평전

초판 인쇄 2015년 8월 20일
초판 발행 2015년 8월 31일

저　　자 | 사도방(謝桃坊)
공　　역 | 김현주 · 이태형 · 이수진
펴 낸 이 | 하운근
펴 낸 곳 | 學古房

주　　소 | 경기도 고양시 덕양구 통일로 140 삼송테크노밸리 A동 B224
전　　화 | (02)353-9908 편집부(02)356-9903
팩　　스 | (02)6959-8234
홈페이지 | http://hakgobang.co.kr/
전자우편 | hakgobang@naver.com, hakgobang@chol.com
등록번호 | 제311-1994-000001호

ISBN 978-89-6071-551-6 93820

값 : 12,000원

이 도서의 국립중앙도서관 출판시도서목록(CIP)은 서지정보유통지원시스템 홈페이지(http://seoji.nl.go.kr)와 국가자료공동목록시스템(http://www.nl.go.kr/kolisnet)에서 이용하실 수 있습니다.(CIP제어번호: CIP2015023940)